Également paru aux éditions Sudarènes :

La dernière feuille de Salade, 2023

L'ORIGINE DES MAUX

THALIA DARNANVILLE

Roman

À ma sœur Lloydie Darnanville, ma toute première lectrice, compagne d'écriture et de construction, en toute complicité. C'est aussi grâce à toi que ce livre existe aujourd'hui.

1

Ishan attendait au feu piéton pour traverser la route lorsqu'il se sentit observé avec une insistance désagréable. À 26 ans, il n'avait pas encore acquis assez d'aisance pour ignorer ce type de comportement auquel il était régulièrement confronté. D'origine indienne, il avait les traits fins, la peau mate et un menton à la pilosité très discrète ; bien qu'il soit français, la société lui faisait ressentir qu'il n'était pas tout à fait comme tout le monde.

L'homme qui attendait à côté de lui le regardait fixement. Ishan, mal à l'aise, se demandait si ce dernier le connaissait, mais son visage ne réveillait aucun souvenir.

— Excusez-moi, mais vous avez exactement le même regard que Delhia, une amie à moi, seriez-vous de sa famille ? lui demanda l'inconnu.

Ishan sentit une peur sourde lui étreindre le ventre, mais tenta de ne rien laisser paraître. Il regarda le petit bonhomme du feu piéton devenir vert et prit une respiration.

— Désolé, vous faites erreur, je ne connais personne de ce nom-là, répondit Ishan qui s'empressa de poursuivre son chemin.

2

Ce soir, Delhia avait décidé de se mettre en beauté. Elle passa une robe rouge très courte au décolleté plongeant, de jolis bas, des talons aiguilles, se maquilla, se coiffa, attrapa son sac à main et sortit. Ses fesses sautillaient à chacun de ses pas et les hommes qu'elle croisait ne pouvaient s'empêcher de se retourner sur son passage. Ses mains glissaient sur sa robe ; elle savourait ce contact doux et rassurant. Chaque vêtement constituait pour elle une seconde peau, un plaisir de tous les sens. Elle aimait fermer les yeux quelques secondes et ressentir le frisson au bout de ses doigts lorsqu'ils caressaient le tissu soyeux. Sa robe se transformait en cape de beauté, de confiance en soi.

En quelques minutes, elle se retrouva devant une grande porte noire à doubles battants et frappa. Un visage se dessina derrière l'ouverture grillagée pour vérifier son identité et l'instant d'après, elle était à l'intérieur. Elle avait depuis longtemps ses entrées dans ce club privé.

Il était tard, l'endroit était un peu sombre et déjà bien rempli. Le comptoir était l'un de ses lieux favoris après la piste de danse. Quelques personnes la saluèrent ; ici, elle se sentait chez elle. Elle prit un verre avec un habitué, échangea quelques paroles futiles et quelques rires, puis elle se décida à investir l'espace. Son corps adorait bouger au son de la musique. Ses gestes étaient harmonieux, félins, sensuels. Même si elle aimait être regardée et admirée, elle finissait par ne plus remarquer les yeux rivés sur ses formes ondulantes tant elle se laissait envoûter par le mouvement de la vie. Quand elle dansait, il se dégageait d'elle une puissance et une beauté fascinantes ; elle semblait faire corps avec la musique. Elle ne dansait pas, elle était la danse ;

tout son être était un instrument traversé par les sons et les rythmes, créant sa propre symphonie corporelle. Ceux qui se risquaient à l'approcher dans ces moments-là avaient tout intérêt à être en phase, sinon ils étaient repoussés sans aucun ménagement. En revanche, si une personne vivait la musique comme Delhia, elle pouvait passer des heures dans ce duo qui transcendait la réalité. Dans cette fusion, plus rien n'existait autour d'eux, il n'y avait plus que la musique, les sensations des corps qui se répondent, la chaleur, le jeu, la sensualité et le désir.

À 4 heures du matin, elle refit le trajet en sens inverse. Le sourire qui se lisait sur ses lèvres reflétait parfaitement la joie et la plénitude qu'elle ressentait intérieurement.

3

Après sa journée au bureau, Ishan poussa la porte de son appartement et se laissa aller sur son canapé, sans aucune énergie pour se préparer à manger.

Sa vie l'épuisait. Son travail lui prenait trop de temps et il dormait mal. Chaque matin, il se réveillait avec une lourdeur dans le corps qui lui faisait comprendre que quelque chose clochait dans son existence. Cela faisait longtemps qu'il n'avait pas connu un vrai sommeil réparateur. Peut-être devrait-il aller consulter un médecin, mais il n'arrivait pas à s'y résoudre. Depuis quelques années, il était devenu méfiant envers le corps médical.

Et Delhia, qui refaisait surface, venait ajouter de l'anxiété à son quotidien. Il avait pensé en être débarrassé, mais voilà qu'elle réapparaissait dans sa vie, un an après une nuit qu'il aurait préféré oublier. Il se rappelait chaque coup, l'intensité de la douleur irradiant son corps, sa tête rebondissant sur le pavé, avant d'être laissé pour mort au milieu de la rue. Une nuit dont chaque seconde, étrangement, était restée gravée, alors qu'elle lui avait fait perdre une grande partie de ses souvenirs antérieurs, « amnésie rétrograde probablement transitoire », lui avait-on dit à l'hôpital. Cependant, la mémoire ne lui était pas revenue comme escompté, seuls quelques flashs, des visages, des noms, des sensations ou des émotions ressurgissaient, mais le cours de son histoire restait flou. Heureusement, ses connaissances techniques et ses capacités cognitives n'avaient pas été altérées, ce qui fut salvateur pour lui. Il avait pu reprendre une vie presque normale assez rapidement.

Il ne comprenait pas comment Delhia avait pu en arriver là, ni ce qu'il avait pu faire pour déclencher en elle cet accès de rage, cette haine qui semblait viscérale ; il allait devoir trouver des moyens pour s'en protéger. Sa tête était lourde et la fatigue lui tomba dessus sans même qu'il ait pu quitter son canapé.

4

Delhia n'arrivait pas à fonctionner autrement qu'en dormant le jour et en vivant à la lumière des rayons de lune. Depuis qu'elle habitait seule, elle était devenue un oiseau de nuit, et cela lui convenait parfaitement.

Comme presque tous les soirs depuis plusieurs semaines, elle se prépara pour sortir. Avant de passer la porte, elle s'arrêta devant le miroir pour se regarder, admirer son corps, ses formes, ses longues jambes fines ainsi que son regard souligné par un trait de khôl noir. Elle aimait plaire tout autant que se plaire. Elle se délectait à susciter le désir des autres, même si elle n'était que très rarement intéressée en retour. Elle cherchait à attirer l'attention des hommes, pour se sentir convoitée. Ceux qui venaient ici savaient parfaitement que moyennant quelques billets, les coins sombres de ce club leur permettraient d'assouvir leurs fantasmes. Du moins, les soirs où elle était d'humeur, car parfois, elle pouvait facilement repousser un prétendant si elle avait seulement envie de danser. Certains de ses habitués en avaient pris leur parti, les soirs où la belle devenait farouche. Elle était comme ça, Delhia. Et elle ne ramenait jamais quelqu'un dans son appartement. Elle pouvait se laisser entraîner dans une ruelle sombre, ou dans un hall d'immeuble, mais personne n'avait eu le privilège de se faire inviter chez elle. Elle tenait à ce que la limite entre sa vie privée et son travail soit totalement imperméable.

Elle venait dans ce lieu par intermittence depuis quelques années : si elle pouvait y passer toutes ses soirées à certaines périodes, elle le désertait complètement à d'autres. Certains se demandaient quelle était la raison de ses absences, mais personne n'avait réussi à percer le mystère. Les plus poétiques pensaient qu'elle voyageait, en bonne compagnie de préférence, alliant le plaisir et l'argent. D'autres l'imaginaient droguée quelque part, d'autres en prison pour des délits plus ou moins avouables. Avec la vie qu'elle menait dans ce club privé et l'impression qu'elle donnait d'être possédée lorsqu'elle dansait, il n'en fallait pas davantage pour que chacun se fasse une idée sur le reste de son existence. Bref, les ragots allaient bon train, mais elle ne s'en préoccupait pas. Et il y avait fort à parier qu'aucun d'eux ne découvrirait la vérité, pas même celui qui avait croisé Ishan par hasard dans la rue le jour précédent.

Lorsqu'elle arriva ce soir-là, il était encore tôt et l'endroit était presque désert. Elle alla s'asseoir à un bout du bar où quelques minutes plus tard, le barman lui apporta son gin fizz, un cocktail que le patron préparait sur commande au blender et qu'elle adorait plus que toutes les autres boissons. Sucré et acidulé, d'une couleur laiteuse, elle n'en avait jamais goûté d'aussi bon ailleurs. Elle aimait moins le regard lubrique que le patron posait sur toutes les femmes qui entraient, à partir du moment où elles avaient un décolleté attirant ou des jambes largement dénudées, mais c'est ici qu'elle se sentait le plus chez elle. Elle revenait encore et encore, malgré ce petit chauve aux lunettes rectangulaires qui n'espérait qu'une chose : caresser, l'air de rien, la moindre rondeur féminine qui passait un peu trop près de lui. Heureusement, le barman était adorable et la complicité entre eux allait jusqu'à se moquer du Thénardier, comme ils aimaient secrètement à l'appeler.

Deux gin fizz plus tard, elle se lança sur la piste de danse, bientôt rejointe par d'autres corps désireux d'obéir aux mouvements que la musique induisait en eux. La nuit allait être longue et joyeuse, Delhia n'en doutait pas.

Après quelques heures endiablées et quelques verres supplémentaires offerts, elle prit le chemin du retour, seule.

Elle n'eut pas le temps d'arriver à destination. Bien qu'étant à pied, elle se fit interpeller sur la Canebière par deux policiers qui attendaient les sorties de bar arrosées. Elle se demanda s'ils arrêtaient toutes les femmes seules pour s'amuser un peu ou si son origine indienne avait joué à son désavantage. Mais cela ne changeait rien à son malaise : elle n'avait pas sa carte d'identité.

Elle tenta immédiatement une approche aux yeux de biche enjouée, mais cela ne fit que renforcer l'unique question qu'ils semblaient connaître : « Vos papiers, s'il vous plaît ». Elle s'efforça alors de leur expliquer la situation : elle n'habitait pas loin et elle était seulement sortie un court moment, et n'avait pris que sa carte de crédit. Mais cela leur était bien égal, pour eux, les options se limitaient à des papiers d'identité ou au poste.

Elle perdit rapidement son sourire ; elle voulait simplement rentrer se coucher, mais ils ne l'entendaient pas de cette façon. Cela ne lui était jamais arrivé auparavant et elle commença à être inquiète, d'autant que son esprit était trop imbibé d'alcool pour être complètement lucide. La suite se passa très vite, comme dans un rêve : elle essaya de fuir, mais les deux policiers étaient plus rapides et la rattrapèrent facilement ; ils n'avaient pas de chaussures à talon. Alors qu'ils tentaient de la maîtriser, une vague de panique la submergea. Chaque contact physique avec ces deux agents ressemblait à un coup de poing qu'elle recevait, une brûlure sur sa peau. Elle se sentait à vif, tel un animal que l'on va éviscérer, et toutes ses sensations, si elles étaient décuplées, étaient également déformées par le prisme de la terreur inexplicable qu'elle éprouvait en cet instant. Incapable de se contrôler, elle se mit à hurler et à se débattre ; elle remonta un coup de genou dans l'entrejambe du premier, et infligea au second une profonde morsure à la main. Elle était enragée, comme si deux criminels avaient voulu attenter à sa vie. Cependant, ce n'était pas de criminels qu'il s'agissait, mais de deux représentants de la loi, et après avoir reçu un coup de poing dans l'estomac, elle se retrouva menottée et emmenée au commissariat pour défaut de justification d'identité et violence envers des agents dans l'exercice de leurs fonctions.

Ce n'est que bien après son arrivée au poste que sa terreur mêlée de rage se calma, et qu'elle put prendre la mesure de ce qu'elle venait de faire. Elle allait finir sa nuit ici, rentrer au petit matin chez elle, et serait convoquée sous quelques semaines pour répondre de ses actes.

5

Ce matin-là, Ishan partit en direction de la gare de Marseille. La raison officielle était un déplacement pour aller rencontrer un gérant d'entreprise. En tant que responsable d'une petite société de services informatiques, il mettait un point d'honneur à aller rendre visite à certains de ses plus gros clients pour entretenir une relation de confiance et leur proposer des évolutions dans les outils qu'ils utilisaient au quotidien.

Du haut de ses 26 ans, il était plutôt fier de cette entreprise qu'il avait réussi à créer et faire grandir, même s'il ne se souvenait plus des chemins qui l'y avaient conduit. Après des études d'ingénieur informatique à l'INSA Lyon, durant lesquelles il s'était spécialisé en cybersécurité, il avait monté sa propre start-up à Marseille. Ces cinq années d'enseignement, riches en apprentissages et en expériences pratiques, lui avaient permis d'acquérir des bases solides, indispensables à sa carrière et à ses ambitions. Il avait même pu profiter, à la fin de son cursus, d'une mobilité d'un an à l'IIT Dehli en Inde, pays de ses racines familiales. Ce séjour, en plus de compléter sa formation, l'avait aidé à parfaire son anglais, à découvrir la culture de ses ancêtres et à vivre comme il l'entendait, loin des diktats parentaux, avant de se lancer dans la vie active. De retour en France, son diplôme en poche, il avait pris la route du sud, à la poursuite de ses ambitions. En quatre ans, son rêve d'avenir avait évolué d'un simple projet personnel vers une microentreprise dans laquelle ses trois employés à plein temps n'étaient pas superflus. Ils étaient très investis et ils avaient été très précieux à la suite de son accident, pour récolter des informations sur son passé, sur l'entreprise et ses rouages. Chacun savait ce qu'il avait à faire et ils étaient assez autonomes pour que Ishan n'ait pas besoin de les surveiller. D'autant que le travail ne manquait pas ; la sécurité des données était très importante, et les solutions clés en main qu'ils fournissaient permettaient une protection contre les attaques extérieures et une veille continue du bon fonctionnement des outils mis en place.

Même s'il prenait son rôle très au sérieux, il faisait ponctuellement des entorses à la légalité, lorsque cela lui était profitable. Aussi, il arrivait que la visite d'un client ne soit qu'une excuse pour un déplacement personnel, pour aller mener l'une de ses petites investigations, ce qui allait se produire aujourd'hui. Le rendez-vous présumé se limiterait donc à un appel téléphonique.

Un incident survenu quatre ans plus tôt dans sa vie était à l'origine de ce qui allait devenir sa passion. Poussé par son besoin de savoir et de comprendre, il s'était mis à enquêter à son propre compte. Mais très vite, conscient qu'il n'arriverait à rien sans méthode, il avait suivi avec assiduité une formation de détective privé en plus de ses journées de travail durant deux années. L'IFAR, l'école qu'il avait choisie, proposait des enseignements complets et sérieux, et le format en ligne convenait parfaitement bien à la gestion de sa start-up en parallèle. Au cours de la première année, il avait découvert les bases théoriques ; il avait mémorisé de nombreux textes de droit, la jurisprudence, les types d'enquêtes et de surveillance, les preuves, les flagrants délits et tant d'autres sujets qui le passionnèrent. La deuxième année fut plus complexe, car il devait se rendre régulièrement à Nîmes pour des cours en groupe, mais il ne regretta pas son investissement. Il approfondit ses connaissances liées au cadre juridique, la recherche d'informations, la communication non verbale, la stratégie d'influence, l'algorithme des investigations, et il put même faire une expérience avec un détective privé professionnel. Sa persévérance avait payé et il était très doué. Tout en restant discret, il proposait parfois ses services, moyennant finance. Il agissait sous couvert de sa société afin de conserver son anonymat, si indispensable pour passer inaperçu en toute situation. Elle lui permettait de cacher cette activité secondaire et d'en déclarer les rentrées d'argent sans soulever de soupçon. Il savait que cela n'était pas légal, mais étant son propre patron, il faisait en sorte que tout semble le plus normal. Il avait des paiements qui correspondaient à une prestation et quoi de plus simple que de déguiser un service en un autre. Personne n'irait vérifier.

De plus, ses talents en informatique lui étaient très utiles lorsqu'il revêtait son costume « d'agent secret ». C'est du moins ainsi qu'il aimait s'imaginer dans quelques années, car il avait conscience qu'il lui restait encore beaucoup à apprendre et de l'expérience à acquérir pour devenir un maître en la matière. Quoi qu'il en soit, il s'était, en peu de temps, construit une double vie qui lui convenait parfaitement.

La première fois qu'il avait vendu ses services, c'était pour une société qui avait signé un contrat avec sa start-up. Le patron s'était ouvert à lui concernant un de ses employés qu'il soupçonnait de fraude financière, et vu qu'il n'avait ni le temps ni les connaissances pour s'en occuper, Ishan lui avait spontanément proposé son aide. Il avait rapidement trouvé les preuves des contrefaçons et résolu l'affaire, ce qui lui valut d'être chaudement recommandé envers certains amis de ce gérant pour d'autres investigations du même type. Assez naturellement, il se fit payer ce premier service par le biais d'une facture de sa société pour un soutien informatique, ce qui en soi n'était pas un très gros mensonge, mais plutôt une déformation de la vérité. Et cela arrangeait tout le monde. Au fil du temps, il avait conservé cette manière de fonctionner, un peu par défaut. Le bouche-à-oreille lui permit de se faire une petite réputation, sans pour autant prendre une ampleur inquiétante. Il pensait parfois à se déclarer en activité parallèle, mais le manque de temps et le côté pratique de la situation actuelle avaient eu raison de son élan.

Par la suite, il avait eu à faire d'autres types d'enquêtes, dont une grande partie nécessitait des filatures. Il dut découvrir où habitaient des gérants d'entreprises fictives qui ne payaient pas leurs factures à ses clients, accumuler des preuves pour licencier des employés qui passaient leurs journées au bar plutôt qu'à travailler sur le terrain, ou encore pour rapporter l'emploi du temps de la femme au foyer d'un patron de PME. On lui demanda même une fois de retrouver les parents biologiques d'une personne adoptée très jeune. Les tâches étaient diverses et le passionnaient chaque fois. Il aimait rentrer dans l'existence des autres, en reconstruire le puzzle, rencontrer des individus parfois dignes d'un roman, ou aux vies étriquées et tristes qui mettaient en lumière la diversité de ce qu'il vivait.

Il ne se souvenait pas de ces enquêtes, du moins pas de celles qui remontaient à plus d'un an. Cependant, il avait eu la chance de mettre très rapidement la main sur un petit carnet, dont la couverture en imitation cuir révélait son titre, écrit à la main : « La vie et ses énigmes ». Avant son amnésie, il y avait retranscrit chacune de ses recherches, avec les dates, les noms des personnes et les points essentiels de chaque découverte, et il avait tout de suite compris pourquoi ces notes n'étaient pas sur son ordinateur, mais sur du papier, loin des connexions Internet. Il était heureux chaque fois qu'il parcourait ces pages, car à force de les avoir lues et relues, il s'était réapproprié ces récits comme s'il s'agissait de vrais souvenirs. Grâce à ces quelques lignes, il se sentait un peu plus proche de lui-même, de celui qu'il avait été.

Aujourd'hui, il remplirait lui-même la fiche de satisfaction client, et utiliserait son temps à sa toute dernière enquête, personnelle cette fois. Il voulait se rendre dans un établissement spécialisé, car il avait besoin de réponses. Des réponses pour éviter le pire, contrer le retour de Delhia et tout ce qu'elle allait probablement lui faire subir. Il devait absolument trouver une solution pour qu'elle disparaisse définitivement, pour qu'elle ne détruise pas sa vie comme elle avait déjà failli le faire un an auparavant. Il fallait qu'il sache ce qui s'était vraiment passé.

6

Delhia regarda dans le réfrigérateur et le referma aussitôt avec exaspération, il était presque vide. Elle était en colère et aurait pu manger tout ce qui lui tombait sous la main. Elle ouvrit un placard, attrapa un paquet de gâteaux au chocolat, déchira l'emballage et en croqua un premier à pleines dents. Le goût du chocolat dans sa bouche lui procurait exactement ce dont elle avait besoin en cet instant précis : de la douceur et du réconfort. Elle avala la première bouchée et engouffra le reste du gâteau. C'était sucré, très sucré et c'était divin. Un deuxième puis un troisième gâteau subirent le même sort. C'était bon, mais sa colère était toujours là. À la fin du paquet, elle s'était laissée glisser sur une chaise. Son estomac rechignait et pourtant elle en voulait encore. Une tablette de chocolat ferait sans doute l'affaire. Elle se leva, ouvrit le placard et en prit une. Elle arracha l'emballage cartonné, défit le papier d'aluminium sans aucune précaution et mangea un premier carré. À nouveau, elle perçut cette saveur unique de la première bouchée que l'on cherche à retrouver dans toutes les autres, mais qui n'appartient qu'à la première, ce goût si unique d'un contentement instantané et furtif.

    Elle reprit un carré et au moment de le croquer, elle entendit un bruit sec provenant du salon. Peut-être que sa sœur était rentrée. Elle n'y prêta pas plus d'intérêt et continua de dévorer le chocolat, carré après carré. La tension redescendait un peu, mais la tempête en elle était encore loin de se calmer. Cependant, un autre craquement attira son attention. Elle décida de se lever, traversa la cuisine et ouvrit la porte qui menait au salon. Une lumière vive l'aveugla. De stupeur, elle laissa tomber le chocolat au sol. Elle n'arrivait pas à croire ce que ses yeux lui montraient. La bibliothèque de livres était léchée par les flammes, les rideaux mimaient une danse endiablée, les canapés étaient avalés par le feu et la fumée commençait à envahir la pièce. Comment avait-elle pu ne rien sentir depuis la cuisine ? Passé le premier moment de stupeur et d'incrédulité, elle pensa un instant à aller chercher de l'eau pour éteindre l'incendie, mais elle abandonna rapidement cette option ; elle ne pourrait rien faire seule, il était trop tard, le feu s'étendait de toutes parts. Elle se précipita dans le couloir, ouvrit la porte et se retrouva dehors.

Derrière les fenêtres, elle voyait les lueurs se propager à une vitesse incroyable. La maison semblait hantée. Elle avait peur, elle avait froid, elle avait chaud, debout sur le trottoir, incapable de faire quoi que ce soit face à ce spectacle désolant. C'est alors que le doute s'empara d'elle. Ses parents venaient de sortir prendre l'air, mais elle ignorait si sa sœur était rentrée ou non. L'altercation avec ses parents, juste avant qu'ils partent marcher pour se calmer, avait capté toute son attention. Elle était incapable d'avoir la moindre certitude. Prise de terreur à l'idée que sa sœur puisse se trouver à l'intérieur, elle voulut y retourner, mais une chaleur intense l'empêcha d'avancer. Avec l'appel d'air de la porte laissée ouverte, les flammes se propageaient encore plus rapidement. Elle cria, cria encore, mais aucune réponse ne lui parvint. Et ses parents, pourquoi ne revenaient-ils pas ? Elle n'osait imaginer sa sœur prise au piège ; la fumée noire s'échappait maintenant de plusieurs fenêtres qui n'avaient pas été fermées… Delhia vacilla devant sa maison qui partait en fumée.

Elle se réveilla en sueur dans son lit. Voilà plusieurs mois qu'elle n'avait plus fait ce cauchemar. Chaque fois qu'elle rêvait de cette nuit-là, les images étaient plus réelles que ce qu'elle avait vécu et les tremblements de son corps mettaient une éternité à se calmer. Chaque détail était à sa place, comme si le film défilait, encore et encore, mémoire fidèle de ce qu'elle aurait souhaité oublier.

Depuis ce jour, elle n'avait jamais revu sa sœur et personne ne savait ce qui lui était vraiment arrivé. Certains disaient qu'elle était morte dans l'incendie, d'autres qu'elle en avait profité pour fuir la maison familiale, son comportement étrange et peu social ayant attiré l'attention de plusieurs de leurs voisins au fil des années. Mais Delhia ne croyait rien de tout cela. Les recherches dans les décombres confirmaient qu'elle ne s'y trouvait pas cette nuit-là. Sa sœur l'aimait et elle ne serait jamais partie sans lui donner de nouvelles. Non, elle était persuadée qu'il lui était arrivé malheur ; peut-être avait-elle été enlevée par quelqu'un qui, elle ne savait comment, avait mis le feu pour détourner l'attention et laisser imaginer le pire. Delhia avait longtemps cherché des indices, des témoignages, pour tenter de comprendre ce qui s'était passé, en vain.

Après ses déboires de la veille, elle avait décidé qu'elle n'irait pas à son QG habituel ce soir. Elle préférait rester chez elle, reprendre ses investigations et découvrir des détails qu'elle aurait pu manquer la dernière fois qu'elle s'y était plongée. Pourquoi venait-elle de faire à nouveau ce cauchemar ? Était-ce en lien avec son altercation avec la police ou à cause de cet habitué qui rêvait qu'elle ait une sœur afin de satisfaire l'un de ses plus grands fantasmes ? Même si cela ne l'intéressait pas de lui donner satisfaction, le simple fait qu'il lui ait dit hier avoir croisé quelqu'un qui lui ressemblait dans la rue avait ravivé sa blessure et son besoin de savoir.

Quatre ans, cela faisait quatre ans qu'elle n'avait pas revu sa sœur, quatre ans que son souvenir perturbait ses nuits et qu'elle ne trouvait aucune issue, aucune réponse pour l'apaiser. Depuis tout ce temps, rien n'avait avancé, rien n'avait été découvert et à présent, personne d'autre qu'elle ne semblait plus s'en soucier. Mais elle n'était pas folle, elle n'avait pas tout inventé, il s'était passé quelque chose.

7

Après un peu moins de deux heures de train, et quinze minutes de taxi, Ishan arriva dans le service spécialisé du Centre Hospitalier Le Vinatier de Lyon, pendant les horaires de visite. Le matin était généralement plus propice à la discussion, car la fatigue de la journée combinée aux médicaments rendaient les échanges très confus, voire impossibles. Et pour obtenir ce qu'il souhaitait, il allait avoir besoin d'un maximum de lucidité de la part de son interlocuteur. Il lui restait à espérer qu'il serait dans un bon jour, parce que suivant les périodes, il pouvait se retrouver face à des propos totalement incohérents. Il savait également que ses passages étaient perturbants et il lui avait été signifié de venir le moins souvent possible, car chaque visite faisait retomber le patient dans un état de mutisme durable. Mais aujourd'hui, Ishan devait absolument lui parler.

Une fois passées les formalités administratives à l'accueil, Ishan se rendit dans le jardin intérieur et trouva le banc sur lequel les infirmiers avaient installé l'homme qu'il était venu rencontrer. Il s'approcha et hésita entre l'embrasser et rester à distance d'un contact physique. Est-ce que cela pourrait avoir une influence ? Difficile de le savoir. Il décida de s'asseoir à côté de lui.
Ishan était mal à l'aise, cela faisait longtemps qu'il ne l'avait pas vu.
— Bonjour, Papa, c'est moi, Ishan.
— Bonjour.
— Je suis heureux de te voir, tu as l'air plutôt en forme.
— …

Le regard dans le vague, le vieil homme semblait ailleurs. Ishan devait aller à l'essentiel pour tenter de déclencher la part des souvenirs qui l'intéressait avant que son père ne s'évade trop loin.

— Papa, j'ai besoin de savoir ce qui est arrivé à ma sœur.
— Nous avons été séparés de ta sœur bien trop tôt ; et de toi aussi. Vous me manquez. Heureusement que vous venez me voir de temps en temps.
— Quoi ? Elle est venue te voir ici ?
— Oui, elle passe parfois me rendre visite, me parle d'elle, m'embrasse fort et repart vite.

Ishan était étonné, son père était-il dans ses rêves ou connecté à la réalité ? Il se recentra sur l'essentiel.

— Papa, j'ai besoin de savoir ce qui est arrivé ce jour-là.
— Ta mère… Aussi belle que changeante. Sûre d'elle, terrifiante et terrifiée, pleine d'élan et recroquevillée sur elle-même. Elle a toujours été celle qui décidait de tout et encore une fois, c'est elle qui a fait seule son choix, qui a eu ce geste qui nous a séparés.
— Et pourquoi n'as-tu rien fait pour empêcher ça ? Tu savais, tu étais là et tu as tout vu.
— Non, je n'étais pas avec ta mère à ce moment-là. C'est elle qui a tout géré seule. Sinon, les choses auraient été très différentes.
— Papa, pourquoi me mens-tu ? Les médias ont parlé de vous deux. Mes souvenirs passés me font défaut, mais les articles sont encore là, ils ne mentent pas et j'ai une excellente mémoire de tout ce qui s'est produit depuis mon agression.
— Les journaux n'ont rien dit du tout, pourquoi se seraient-ils intéressés à nous ? À ta naissance, personne ne s'intéressait à nous. Seules ta mère et une poignée de personnes présentes ont

vu ce qui s'était passé. Moi-même, je ne l'ai su que bien plus tard, lorsque ta mère me l'a avoué.

— Pourquoi parles-tu de ma naissance ? Quel est le rapport avec l'incendie ?

— Avec l'incendie, aucun. De quoi veux-tu parler réellement ?

Ishan ne comprenait pas ce que son père lui racontait, cela n'avait aucun sens.

S'il pouvait voir sa mère, cela l'aiderait certainement à y voir plus clair, mais c'était la dernière chose qu'il souhaitait. Elle lui en voulait pour la disparition de Delhia alors qu'il n'y était pour rien, et depuis ce moment, sa mère l'avait renié.

— Papa, pourquoi n'as-tu rien dit quand elle m'a ordonné de partir pour ne plus jamais revenir ?

— Pourquoi revenir sur ces évènements ? Ils sont passés et nous ne pourrons rien y changer. Delhia a officiellement disparu ce jour-là. Mais nous savions tous les trois ce que tu avais fait pour en arriver là.

— Non, Papa, je n'ai rien fait du tout… Je n'ai pas mis le feu à la maison ni tué Delhia ! Tu ne peux m'accuser de rien ! Mais peut-être que toi, tu aurais pu m'aider, nous aider ! Aujourd'hui, j'ai besoin que tu me dises ce qui s'est réellement passé, ce qui est vraiment arrivé à Delhia.

Ishan avait haussé le ton, il sentait la colère monter en lui comme une tempête s'annonce. Il devait se contenir au lieu de braquer son père. Après un silence, ce dernier répondit :

— Toi seul peux trouver le chemin et te libérer à condition de le vouloir. Je n'ai eu personne pour m'aider après ces évènements, tout le monde m'a abandonné. Ma seule aide, je l'ai trouvée en moi. Il te faudra toi aussi écouter ta voix intérieure. Tu n'as pas le choix et plus tu te battras contre tes fantômes, plus ils reviendront. Alors, écoute et accueille-toi tel que tu es, tel que tu as toujours été. C'est à ce moment-là que ton fantôme disparaîtra.

— Mais Papa, je n'entends rien ! Je ne suis pas pareil que toi ou Maman, je n'ai aucune aide, aucune voix pour me parler et me guider. Et je n'ai pas envie de devenir comme toi !

— C'est que tu dois encore écouter davantage, ou que l'heure n'est pas venue de te souvenir, ou que tu dois vivre avec.

— Tu ne comprends pas, je ne peux pas continuer ainsi, sinon elle finira par me tuer. Sous une forme ou une autre, elle est revenue, je le sais et je ne peux pas la laisser faire.

— Un jour, je suis persuadé que tu la retrouveras, cette sœur que ton cœur recherche et combat. Mais il faudra que tu cesses d'en avoir peur, que tu fasses la paix avec elle. Et peut-être découvriras-tu une sœur que tu pensais connaître et dont finalement tu ignores tout.

— Que veux-tu dire ? Je ne comprends pas.

— …

— Papa, j'ai besoin que tu m'aides.

Ishan lui prit la main et la serra très fort, pour le faire rester encore un peu avec lui, pour le garder connecté avec la réalité. Trop fort.

— Papa !

— Au revoir, Ishan,

Puis comme à lui-même, il murmura :

— Adieu, Delhia.

— …

— Papa, confirme-moi au moins que je ne l'ai pas tuée, qu'elle est toujours en vie !

— …

— Papa…

La porte de la communication s'était refermée, son père ne dirait plus rien, il était retourné dans son monde. Ishan était frustré et rageait d'être arrivé si près du but, d'avoir entrouvert une porte sur la vérité et de ne pas avoir eu de réponse claire. Il avait envie de secouer son père, de lui faire avouer ce qu'il cachait. Mais à quoi bon, cela ne servirait à rien.

Son élan de colère retomba, il se sentit abattu. Les yeux dans le vide, il songea un instant à tout ce qui était en train de s'embrouiller dans la tête à côté de lui et cela le rendit triste. Allait-il un jour lui aussi devenir ainsi ?

Il regarda son père, il n'était plus qu'une pâle image de celui qu'il avait connu. Une part de lui s'était enfuie, l'étincelle de joie enfantine qui l'habitait autrefois s'était envolée. Car même si Ishan n'avait plus beaucoup de souvenirs, il lui restait celui du visage rieur et complice de cet homme, telle une photo gravée dans sa mémoire.

Mû par la nostalgie, il posa sa main sur celle de son père. C'est alors que dans son cœur, un silence se fit : une, deux, trois secondes de silence total ; une absence ou peut-être une présence totale, immobile, une communion de cœur à cœur. L'instant d'après, les battements reprirent leur rythme, mais il lui semblait qu'il s'était passé une éternité, une douce éternité, un moment de paix. Cela lui faisait étrangement penser à un cadeau d'adieu.

Lorsqu'il se décida à quitter son père, celui-ci avait une larme qui perlait au coin de l'œil ; Ishan sentit son cœur se serrer. Il devinait qu'il avait été proche de cet homme par le passé, même s'il ne s'en souvenait presque plus ; l'émotion qu'il ressentait dans son corps lui parlait de ça. Il ferma les yeux quelques secondes pour tenter de se remémorer quelques instants partagés, une baignade, des jeux dans le jardin, des histoires racontées avant de se coucher, des fous rires, mais rien ne refit surface. Il ne s'agissait que de constructions venues tout droit de son imaginaire.

Avant de quitter le pavillon psychiatrique, il demanda à rencontrer le médecin en charge de son père pour savoir comment se passaient les autres visites de son père.
— Il n'y a que vous qui veniez le voir, je peux vous le certifier. Mais cela ne veut pas forcément dire qu'il n'avait pas d'ami ; la schizophrénie isole ceux qui en sont atteints, car cela fait peur, et plus le temps passe, plus les gens ont du mal à franchir le seuil d'un hôpital psychiatrique. De plus, votre père fait malheureusement partie des 20 à 30 % des patients qui ne répondent pas ou très peu aux traitements, alors l'espoir de retour à une vie normale est extrêmement faible.

Ishan resta songeur. Où était la limite entre le réel et le rêve dans la tête de son père ? Que pouvait-il croire de ce qu'il venait d'entendre de sa bouche ? Jusqu'à quel point la maladie avait-elle pris le contrôle sur sa réalité ?

Dans le taxi qui le ramenait vers la gare, beaucoup de questions tournaient en boucle :
Il se demandait pourquoi son père lui avait parlé de sa naissance et quel était le rapport avec la disparition de sa sœur. Il était évident que son père savait ce qui s'était passé, mais il ne comprenait pas pourquoi ce mystère. Ce qui l'inquiétait le plus était la raison pour laquelle cette sœur lui en voulait autant. Pensait-elle qu'il avait mis le feu volontairement à la maison ? Sa mère aurait-elle pu la monter à ce point contre lui, pour qu'elle cherche à le détruire ?

Il ne lui restait presque aucun souvenir de Delhia, si ce n'est son visage assez sérieux, ses cheveux longs bouclés ainsi que ses mains et ses doigts longs et fins dont il avait également hérité. Avait-il été proche d'elle durant l'enfance ? Il était incapable de le dire. La haine qui les liait et la peur sourde d'une probable vengeance venaient dissimuler tout autre sentiment qu'il aurait pu mémoriser. Jusqu'où pouvait-il se fier à ses souvenirs confus et aux reconstructions du passé qu'il avait échafaudées ?

Une seule chose était sûre maintenant, il allait devoir aller chercher ses réponses ailleurs.

8

Après s'être débarrassé de ses obligations administratives dans le train qui le ramenait à Marseille, Ishan sortit son carnet pour se replonger dans son enquête, et ses pensées le menèrent vers sa mère.

Pourquoi son père avait-il parlé de sa naissance ? Il s'était probablement passé quelque chose à ce moment-là, un détail important qu'il ignorait.

Son regard s'attarda sur le paysage à travers la vitre, les arbres filaient à toute allure et lui dérobaient tout ce qui se trouvait derrière. Il aurait aimé être un oiseau pour aller embrasser d'un coup d'ailes ce qu'il y avait plus loin, tout comme il espérait découvrir ce qui se cachait derrière le black-out de sa mémoire. Elle devait forcément contenir plus de traces de son passé. Mais il ne savait pas comment devenir cet oiseau pour aller voir au-delà, ou comment gratter la couche opaque qui recouvrait la vitre de son esprit. Alors, comme le Petit Poucet, il suivait les petits cailloux blancs qu'il ramassait sur son chemin, pour revenir au cœur de lui-même.

Il referma son carnet, le cœur n'y était pas. Tel un spectateur absent, il laissa les arbres et les maisons filer devant ses yeux jusqu'à ce que la ville arrive jusqu'à lui et l'engouffre tout entier, avec tous les autres passagers du train.

Une fois de retour chez lui, Ishan avait trouvé un nouvel élan. Il se mit en tête que s'il pouvait retrouver sa mère, il pourrait tenter de démêler le vrai du faux et de faire du tri dans les élucubrations de son père et dans ses propres suppositions. À condition qu'elle accepte de lui parler et de lui dire la vérité, ce qui était loin d'être évident.

Il n'avait jamais eu la force ni l'envie de la rechercher, mais il sentait qu'il était temps. Il allait devoir se confronter à elle. Il savait par l'hôpital qu'elle était partie à l'étranger pour refaire sa vie. Après l'incendie, la disparition de Delhia, son départ à lui et la maladie de son père, elle n'avait pas résisté. Plutôt que de s'effondrer tout à fait, elle avait décidé de fuir et de tout laisser derrière elle. Elle avait renié et abandonné son fils, et Ishan sentait qu'il ne pourrait jamais lui pardonner. Le simple fait d'y repenser faisait monter en lui une colère immense qui le dévastait, comme si une boule de feu explosait dans sa poitrine. Mais cette fois, il devait contenir le dragon afin d'avancer. Il devait être prêt à l'affronter et lui faire dire tout ce qu'elle savait.

Pour commencer ses recherches, il fit le tour des pays où sa mère aurait pu aller. Étant donné qu'elle ne parlait que l'anglais, et qu'il excluait les destinations trop proches a priori, ainsi que celles trop onéreuses ou trop différentes culturellement, il avait éliminé l'Amérique latine, l'Océanie, ainsi que les pays européens tels que le Royaume-Uni ou l'Irlande. Étant donné leur passif avec l'Inde, leur pays d'origine à tous les deux, il le raya également de sa liste, ainsi que le reste de l'Asie. Il estima qu'elle n'irait certainement pas dans un pays froid, ce qui réduisit encore ses destinations potentielles. Il lui sembla que le pays le plus probable était sans doute les États-Unis, ayant pour le moment écarté le Canada pour son climat hivernal. Cependant, cela lui laissait un grand territoire à passer au peigne fin.

Avec le nom et le prénom de sa mère pour sésame, Féanor Pandit, il naviguait de site en site, plus ou moins officiels, plus ou moins légaux aux États-Unis. Le pays recensait un nombre incroyable d'informations sur ses habitants et il espérait en tirer profit. Mais rien ne sortait : pas de téléphone à son nom, pas d'appartement, pas de facture ni de contravention, pas d'assurance… Où pouvait-elle se cacher ?

Pourtant, en consultant les petites annonces des grands journaux américains, il découvrit qu'une femme nommée Féanor avait récemment proposé ses services pour aider les personnes démunies à San Francisco. Au même instant, il sentit une vibration, un mouvement fort qui prenait vie dans son ventre, et une chaleur intense se répandit dans tout son corps. Il ressentait avec une certitude impérieuse qu'il était sur la bonne piste.

S'il y avait une chose à laquelle sa mère était attachée, c'était son prénom, le seul héritage que son père lui avait laissé avant de mourir, peu après sa naissance. C'était lui qui avait insisté pour qu'elle s'appelle ainsi, envers et contre tous. Devant la loi, c'était son père qui décidait et personne n'avait pu l'en empêcher lorsqu'il était allé faire la déclaration de naissance « Ma fille s'appellera Féanor, un point c'est tout. ». Elle ne savait presque rien de ce père si ce n'est cette obstination à lui léguer cet héritage et elle en était fière. Presque autant que sa mère en avait été folle de rage, car il était suicidaire selon elle de laisser entrer dans sa maison un enfant dont le prénom signifiait « esprit du feu ».

L'annonce venait de la région de San Francisco. Le numéro de téléphone inscrit était hors service, mais il eut la chance de le retrouver sur un autre article, mentionnant une adresse dans un quartier populaire de San Francisco. Il décida que ce serait son point de départ sur place, car sans même avoir eu à se poser la question de la pertinence d'un tel déplacement, l'idée s'était imposée à lui comme une évidence. Il savait pourtant qu'il aurait tout à fait pu continuer ses recherches depuis Marseille, mais cette ville l'attirait, pour une raison qui lui était inconnue. Et l'argent n'étant pas un souci pour lui, quelques minutes après, son vol était réservé : son départ serait pour le surlendemain. Il sentait son cerveau en pleine ébullition, un mélange de frissons et de joie enfantine à l'idée de partir, mais également une peur latente qui l'envahissait peu à peu.

Le lendemain, sa journée fut longue et éreintante, il n'avait pas le cœur à l'ouvrage, mais il n'avait pas le choix s'il voulait pouvoir partir sans avoir à se préoccuper de son travail. Dans la matinée, il organisa une réunion avec les trois personnes qui travaillaient pour lui. Il leur expliqua qu'il était très fatigué depuis quelque temps et qu'il allait poser deux semaines de congés pour déconnecter de son quotidien, tenter de se ressourcer et revenir en pleine forme. Comme cela faisait longtemps qu'il n'avait pas pris de vacances, chacun pensa qu'il avait bien raison de lever un peu le pied ; ils se débrouilleraient très bien durant son absence. Il fit le point avec eux sur les actions en cours, les urgences à traiter, et les potentiels nouveaux clients qu'il avait lui-même détectés et qu'ils pourraient aller rencontrer. Il passa le reste de sa journée à mettre ses dossiers en ordre pour qu'ils puissent être complétés par l'un de ses trois employés.

Quand il rentra chez lui vers 18 heures, il s'affala sur son canapé et s'assoupit. Ce fut une sieste étrange et poisseuse, remplie de sombres pensées. Son départ et ses appréhensions le perturbaient ; il sursautait régulièrement et parlait de façon incompréhensible. Ce voyage promettait d'être éprouvant nerveusement.

9

Ce soir, Delhia avait du travail. Elle avait décidé de retourner tous les cartons et boîtes de son appartement qui pourraient lui fournir un nouvel indice, une piste sur laquelle se lancer pour reprendre le fil de ses recherches.

Mais au bout d'une heure, elle dut se rendre à l'évidence, il n'y avait plus aucune trace de cette période, pas même la moindre photo qui ait survécu à l'incendie et au déménagement. Elle se laissa tomber sur le canapé et réfléchit à ce qu'elle pourrait faire de plus constructif. Son regard passa sur son téléphone portable, ses clés de voiture et s'arrêta sur son ordinateur. À part du temps, elle n'avait rien à perdre à refaire le tour du Web pour voir ce qu'elle pourrait trouver de nouveau ou d'ancien qui n'aurait pas retenu son attention à l'époque. Et du temps, elle en avait à revendre, elle avait toute la nuit.

Elle lança de nombreuses recherches, mais elle ne découvrit rien d'intéressant, comme si rien ne s'était gravé sur la toile concernant cette nuit terrible. Le mot clé « incendie » déversait une multitude de vidéos, mais aucune n'avait d'intérêt à ses yeux. Fatiguée, elle cliqua involontairement sur un lien vidéo et découvrit une femme dont le visage lui était totalement inconnu. Elle semblait un peu illuminée et ses propos n'avaient pas grand sens. Pourtant, une phrase retint son attention : « Parfois, des forces occultes sont à l'œuvre dans les maisons, et elles peuvent être à l'origine de bien des malheurs. »

Un frisson remonta dans le dos de Delhia. Une force occulte... Et si elle essayait de contacter une voyante, pour qu'elle puisse lui dire ce qui s'était passé ? Peut-être pourrait-elle découvrir ce que personne n'avait remarqué, extraire un élément de vérité parmi tous ces mensonges et ces non-dits. Avec un père qui entendait des voix et qui était devenu à moitié fou, pourquoi n'y avait-elle pas pensé plus tôt ?

En quelques minutes, une liste défila devant ses yeux. Qui choisir ? Elle chercha un nom qui lui parlerait, qui l'inspirerait.

— Tiens, madame Feufollet pourquoi pas ! Je l'appelle et je verrai si sa voix me donne confiance.

Elle prit le téléphone et composa le numéro.

Elle tremblait un peu, son cœur battait très fort.

— Madame Feufollet ?

— Bonjour, Delhia, je t'attendais.

Delhia se sentit ébranlée. Comment pouvait-elle connaître son prénom ? Comme si elle avait entendu sa question, la voyante continua :

— Cela fait quelques jours que j'ai reçu la visite nocturne d'une femme qui m'a dit que tu viendrais vers moi pour que je t'aide. Et au son de ta voix, j'ai tout de suite su que c'était toi. Je suis heureuse que tu aies fait la démarche de m'appeler.

Delhia se demanda comment tout cela était possible ; elle venait à l'instant de choisir son nom dans l'annuaire par pur hasard. Elle voulait croire en son libre arbitre et non en une force supérieure qui dirigeait ses actes et sa vie, mais comment cette voyante avait-elle pu connaître son prénom ?

— Une femme ? Qui est-ce ?

— Je ne peux pas te le dire, mais elle est bienveillante, je peux te l'assurer.

Elle laissa un temps de pause, puis reprit :

— Delhia, je sens que ton cœur est très gros et en même temps, je perçois une confusion totale de ton être. Je ne pourrai pas aborder tout ce que je sens ce soir, tant il y aurait à dire. Mais avant tout, je dois te mettre en garde. Sache qu'il n'est pas bon de tout savoir. Certaines informations sont enfouies et c'est parfois mieux ainsi. Chaque détail a sa raison d'être et modifier l'équilibre naturel peut avoir des conséquences inattendues. Alors, ne pose que les questions pour lesquelles tu souhaites vraiment connaître les réponses.

— La chose la plus importante pour moi, c'est de retrouver ma sœur.

— Quel est le dernier souvenir que tu aies d'elle ?

— Le matin de l'incendie, c'est la dernière fois que je l'ai vue. Après cela, disparue, plus aucune trace d'elle.

— C'est étrange, ce souvenir vibre très fort, mais je n'arrive pas à me connecter à ta sœur. Laisse-moi une minute.

Quelques secondes passèrent et la voyante reprit.

— Ça y est, je sens sa vibration, elle est même très forte, très puissante. Je n'ai aucune image d'un incendie, mais d'un hôpital.

— Elle a été blessée ?

— Je perçois une âme fragile, sans défense, qui a peur. Je devine également quelqu'un de bienveillant qui a pris soin d'elle. Elle n'a rien à voir avec ce que je sens vibrer en toi, mais je suis sûre qu'il s'agit de ta sœur. Par contre, je dois te prévenir que si tu la retrouves, entre vous, tout sera à reconstruire. Seuls les liens du sang vous réunissent encore.

— Que s'est-il passé ? A-t-elle perdu la mémoire ou lui a-t-on fait un lavage de cerveau ?

— Ce que tu dois savoir pour l'instant, c'est qu'elle va bien, même si sa vie n'est pas toujours simple. Je peux te révéler un autre détail qui t'aidera : tu la retrouveras à Paris. Elle possède un instinct très puissant et certaines facultés qu'elle n'utilise pas encore complètement. Je sens également qu'une partie d'elle attend de retrouver sa vraie famille, une partie manquante d'elle-même, même si elle ne se souvient pas de toi. Te retrouver lui permettra de mieux gérer les énergies qui s'agitent en elle.

— Et comment puis-je la trouver ? Paris est une grande ville.
— Suis ton instinct, toi aussi tu peux lui faire confiance. Et je peux te certifier que tu y arriveras si tu y mets tout ton cœur. Par contre, il te faudra faire la paix avec toi-même et affronter tes peurs, car je sens une dualité très forte dans ton être. Une part de toi est très lumineuse et une autre très sombre, presque violente, meurtrie. Ta mémoire te joue parfois des tours, alors méfie-toi de tes souvenirs.

Elle fit une pause puis poursuivit :

— Je sens également tapi dans l'ombre quelqu'un qui a une grande emprise sur toi, dont tu devras te méfier, mais avec qui tu devras faire la paix si tu veux vivre sereinement.

— Qui est-ce ? Quelqu'un que je connais ?

— C'est la fin de notre entretien, Delhia. J'espère que tu trouveras la réconciliation que ton cœur appelle, la réconciliation avec toi-même. Sans cela, même si tu retrouves ta sœur, tu ne seras pas heureuse. Car ce que tu désires est en réalité au fond de toi. Nous cherchons tous en dehors de nous-mêmes les réponses et le bonheur, alors qu'il suffit de regarder en soi pour y découvrir tous les trésors du monde. Prends soin de toi.

Delhia raccrocha, abasourdie. Elle n'espérait pas autant d'informations et ce qu'elle venait d'apprendre lui retourna la tête. Bouleversée, elle décida de sortir boire un verre dans son deuxième chez-elle pour faire redescendre la pression, effaçant instantanément les évènements de la veille.

L'excitation de savoir que sa sœur était bien vivante lui fit oublier un peu trop vite de se demander de qui elle devait se méfier.

10

Au même instant, Ishan sortit de chez lui. Après cette sieste imprévue en fin de journée, il s'était réveillé anxieux et tendu, tout imprégné de son voyage du lendemain. Son cerveau tournait en boucle. Rien n'y faisait, il n'arriverait pas à retrouver le sommeil, aussi avait-il décidé d'aller s'aérer la tête.

Alors qu'il flânait le long du port, il aperçut une silhouette, reconnaissable entre mille. Il faisait nuit, mais il était certain que c'était elle ! Elle était bien à Marseille, ce passant avait dit la vérité. Il s'immobilisa derrière un tronc d'arbre pour voir où elle se rendait. Il avait la confirmation qu'elle était vivante et bien réelle ! Il sentit un soulagement qui se mêla à sa haine. Malgré son aversion pour sa sœur, il dut reconnaître qu'elle était plutôt élégante.

Delhia ne le vit pas, mais devina inconsciemment que quelque chose d'étrange se passait. Elle continua néanmoins son chemin en tentant d'ignorer cette alerte dans son corps et rentra dans son club privé. Elle but quelques verres, dansa, but encore quelques verres, sans doute quelques-uns de trop et se laissa pour la première fois raccompagner par un homme. Mais elle avait vraisemblablement beaucoup trop bu, car en se réveillant le lendemain, elle ne comprit pas comment elle avait pu en arriver là.

Ishan, de son côté, s'était retrouvé dans son lit comme par magie, sans savoir comment il y était revenu. Un nouveau trou de mémoire ou était-ce seulement un rêve ? Pourtant tout cela lui avait semblé si réel. Il se souvenait de la fraîcheur du soir, du visage de Delhia, de ce club où elle devait être une habituée pour y rentrer de cette façon. Tous les évènements de la nuit étaient gravés en lui, tous, sauf celui de son retour chez lui et il n'aimait pas ça.

11

L'avion survolait l'océan, calmement. Ishan, perdu dans ses pensées, observait le ciel à travers le hublot : les nuages se répandaient à l'infini, petits cocons de vapeur d'eau mouvants, parfois si doux et légers, et parfois si violents lorsque l'ambiance atmosphérique était favorable au déclenchement de sa fureur. Cette allégorie de la vie, vue au travers de simples nuages le perturbait. Si chaque évènement était induit par son environnement, si chaque action était la cause d'une autre série d'actions, où était son libre arbitre ? Et le destin dans tout cela ? D'ailleurs y croyait-il vraiment, ou espérait-il que rien ne soit écrit, que tout soit à inventer, à rêver, pour donner corps à sa propre réalité ?

Lorsque Ishan arriva à San Francisco, il se sentit écrasé par la chaleur étouffante de la fin août. Son hôtel, un petit bâtiment défraîchi, était tout de même accueillant et l'air y était tempéré. Après une douche froide et un peu de repos, il sortit inspecter les environs. Il voulait aller repérer la maison qu'il avait localisée grâce au numéro de téléphone de l'annonce. Il se sentait impatient, mais il savait par expérience qu'il était parfois important de ne pas se précipiter. Il aimait écouter le lieu lui parler. Il se laissait imprégner par les couleurs et les ambiances avant de se lancer à la recherche d'une piste ou d'une personne. Il ne devait rien négliger, car il ignorait ce qu'il allait découvrir.

Lorsqu'il quitta l'hôtel, la chaleur était devenue supportable et ses pas l'entraînèrent d'une petite rue à une autre, jusqu'à arriver sur un boulevard très fréquenté. À sa grande surprise, les personnes qu'il croisait semblaient sortir d'un film des années

70, toutes plus bariolées et hirsutes les unes que les autres. Il scruta la rue de part en part à la recherche d'une possible équipe de tournage, mais ne vit rien qui pourrait lui confirmer cette hypothèse. Des hommes et des femmes plus ou moins vêtus, plus ou moins propres et complètement déjantés se promenaient. Celui-ci avait des lunettes d'aviateur assorties d'une peau de bête sur les épaules ; celle-là des oreilles de lapin, un tutu rose et des gants d'un temps révolu. Et presque tous arboraient un sourire béat. C'était un bien étrange spectacle.

L'idée que sa mère puisse avoir vécu ici parmi eux lui semblait totalement incongrue, elle qui avait toujours été si austère, sérieuse et renfermée. Le doute s'immisça en lui. La piste qu'il suivait reposait sur des détails si insignifiants qu'à présent, il craignait de s'être trompé. Comment aurait-elle pu vivre au milieu de ces illuminés ?

Inquiet, il quitta le boulevard pour retrouver une petite ruelle plus sereine. C'est à ce moment-là qu'il reconnut le nom de la rue. Il avait instinctivement trouvé le lieu qu'il cherchait, il ne restait qu'à aller repérer la bonne porte.

Au numéro 137, les rideaux ne laissaient rien filtrer de l'intérieur. C'était une grande bâtisse à trois étages, mal entretenue. Il ralentit à peine pour ne pas attirer l'attention, mais lorsqu'il tourna la tête, il se retrouva nez à nez avec une jeune femme aux yeux rieurs qui voulait justement rentrer chez elle.

Acculé, il sentit qu'il devait lui parler maintenant. Revenir plus tard alors qu'elle l'avait dévisagé ne servirait à rien, si ce n'est le rendre suspect. Il se jeta à l'eau. Il était content d'avoir été obligé d'acquérir un bon niveau d'anglais durant ses études d'ingénieur, cela allait lui faciliter la vie.

— Bonjour, excusez-moi de vous déranger, mais je venais justement à cette adresse. Vous habitez ici ?

— Oui, je peux vous aider ?
— Je l'espère. Je cherche une femme, Féanor, on m'a dit que je pourrais peut-être la trouver ici. Est-ce que vous la connaissez ?
— Féanor ? Bien sûr.
Ishan sentit son cœur bondir dans sa poitrine.
— Ici, tout le monde la connaît, elle est un peu comme notre mère à tous. Voulez-vous rentrer un instant ?
— Je ne voudrais pas vous déranger.
— Vous ne me dérangez pas du tout, au contraire, entrez. Je m'appelle Amy.
Elle poussa la porte et il lui emboîta le pas, les mains moites.
Ils pénétrèrent dans un grand salon rempli de bric-à-brac. Elle lui proposa à boire mécaniquement, mais sans donner suite, et poursuivit :
— Féanor était une femme généreuse. Quand je suis arrivée ici, elle m'a ouvert les bras alors que j'étais au plus mal. Elle ne possédait presque rien et les autres personnes qui habitaient avec elle avaient des difficultés à joindre les deux bouts. Mais il y avait une telle entraide que chaque nouveau venu était accueilli sans hésitation et nous trouvions toujours de quoi finir le mois. Je ne sais pas ce que je serais devenue si elle n'avait pas été là pour me tendre la main. Elle était un peu notre mère spirituelle. Elle aimait à nous répéter que nous étions les enfants qu'elle n'avait jamais eus.
Ishan se figea.
— Elle disait n'avoir jamais eu d'enfant ?
— Oui, elle nous disait que c'était un de ses grands regrets, de n'avoir pu élever une famille comme elle le faisait avec nous, en nous aidant à grandir, à nous relever et à nous épanouir.
Cela ne pouvait donc pas être elle. Ou alors, elle avait menti, mais il ne comprenait pas pour quelle raison.

Amy s'approcha du mur et lui indiqua un cadre.

— Regardez, c'est elle sur cette photo, avec tous ceux qui vivaient ici l'année dernière. Mais je parle, je parle et je ne vous ai même pas demandé pourquoi vous la cherchiez.

Ishan resta un instant sans voix. Cette femme sur la photo ressemblait à sa mère, tout en étant très différente. Elle affichait un large sourire et une joie qui ne collaient pas avec les miettes de souvenirs qui étaient revenues la concernant.

— J'ai besoin d'apprendre des choses qu'elle seule peut me transmettre, finit-il par lui dire.

— C'est vraiment dommage qu'elle ne soit plus ici, car je suis sûre qu'elle aurait adoré vous prendre sous son aile. D'ailleurs, vous lui ressemblez un peu.

— Elle… n'est plus ici ? demanda Ishan qui passait alternativement de l'espoir à la déception.

— Non. Un jour, elle a décidé de poursuivre sa route. Elle a choisi de fonder une communauté spirituelle en dehors de San Francisco. Ici, tout le monde l'adorait, mais personne ne voulait quitter la ville alors elle est partie seule, comme elle était venue.

— Savez-vous où elle est allée ?

— Oui, attendez.

Il l'entendit appeler :

— Allan, tu connais l'adresse de Féanor ?

Un jeune homme fin et élancé descendit les escaliers avec une élégance naturelle, arborant un large sourire. Allan était séduisant et il le savait. Lorsqu'il vit Ishan dans le salon, il ouvrit de grands yeux étonnés. Après quelques très longues secondes, il finit par reprendre sa contenance :

— Excusez-moi, j'ai cru l'espace d'un instant l'entrevoir dans la pénombre de la pièce. Vous êtes de sa famille ?

Ishan hésita.

— De sa famille éloignée. Savez-vous où je peux la trouver ?

— Oui, je vais vous écrire l'adresse du lieu qu'elle a créé.

Il griffonna l'information sur un bout de papier journal. En le lui tendant, il le regarda avec tellement d'intensité que Ishan détourna les yeux. Il avait l'impression que l'autre rentrait en lui pour le scruter au plus profond. Instinctivement, il se mit sur la défensive et une lueur d'inquiétude mêlée de violence apparut dans son regard.

— Pardon, je ne voulais pas vous mettre mal à l'aise, mais vous avez les mêmes yeux, le même regard qu'elle, c'est vraiment troublant.

Ishan ne savait pas s'il pouvait leur faire confiance, et son intuition l'empêchait de leur révéler qu'il était son fils. Et puis il n'avait pas envie de répondre aux inévitables questions que cela susciterait.

— Je vous souhaite de la trouver là-bas. Personne n'a eu de ses nouvelles dernièrement et le centre ne marchait pas comme elle l'avait espéré. Si vous avez un moment, restez un peu avec nous, nous l'aimions tellement que nous serions heureux de la faire revenir ici quelques instants avec vous.

— Je vous remercie, mais je ne veux pas vous déranger.

— Vous ne nous dérangez pas le moins du monde, au contraire, répondit Allan de façon enjouée. Un peu de limonade maison ? Elle est bien fraîche.

Finalement, Ishan accepta. Allan fonça dans la cuisine et revint avec trois verres et une carafe glacée. Il les servit tous les trois et tendit le verre à Ishan en le regardant droit dans les yeux, avec un grand sourire. Leurs mains se frôlèrent et Ishan recula légèrement ; cet homme le mettait décidément très mal à l'aise.

— Merci, répondit-il sans lâcher son verre des yeux.

— Vous êtes ici depuis longtemps ?

— Mon avion a atterri aujourd'hui même.

Ishan avala la moitié de sa limonade, sentant le liquide frais parcourir son corps avec plaisir. Cette boisson était excellente. Allan le fixait avec beaucoup d'intensité ; il avait beaucoup de charme et savait en jouer. Ishan tenta de l'ignorer tout en cherchant une façon d'écourter la conversation sans paraître impoli. Même s'il était ouvert d'esprit, il n'aimait pas particulièrement ce type de sollicitation, qu'il avait pourtant eu à plusieurs reprises. Il tenait ses traits fins de sa mère et sa pilosité peu développée de ses origines indiennes. Ses yeux verts, qu'il partageait avec sa sœur, achevaient de le rendre attirant, que ce soit pour les femmes ou les hommes. Ishan savait rester courtois dans ce genre de situation, mais préférait les éviter. Il se tourna vers Amy :

— Vous disiez que vous aviez côtoyé Féanor durant assez longtemps ; elle évoquait son passé en France parfois ?

— Très rarement, expliqua-t-elle. Chaque fois que quelqu'un lui posait une question à ce sujet, elle s'assombrissait et répondait de façon évasive.

— La seule fois qu'elle en a parlé sans retenue, compléta Allan, c'était pour nous dire que dès son arrivée en France, sa vie avait pris un tournant qu'elle n'avait pas souhaité et qu'elle désirait plus que tout oublier cette période difficile. Et je crois qu'elle a également mentionné que le déclencheur de son départ 25 ans plus tard était le feu qui avait réduit en cendres toute sa maison, comme si ce pan de sa vie avait disparu dans cet incendie.

— J'ai l'impression que vous avez été proche d'elle durant son séjour ici, lança Ishan à Allan.

Il y eut un temps de flottement.

— Disons qu'elle laissait rarement insensible à son aura. Elle avait parfois des instants de transcendance où elle aimait tout le monde et son énergie était très communicative…

Ishan comprit vite qu'il n'avait pas été question uniquement d'énergie et d'aura, mais de rapprochements beaucoup plus charnels et n'avait aucune envie d'en savoir davantage à ce sujet. Mais avant qu'il ait pu tenter de dévier la conversation, Allan poursuivit :
— Elle nous a fait goûter de nombreux aspects de la vie dont nous ne soupçonnions même pas l'existence, et elle entretenait avec chacun de nous une relation privilégiée. Si vous n'êtes pas pressé, pourquoi ne resteriez-vous pas pour la soirée ? Nous pourrions continuer cette conversation autour d'un repas et vous faire découvrir les énergies que nous partageons ici, les autres ne vont pas tarder à arriver.
Allan lui frôla le bras, caressant sa main du dos de la sienne, ce qui fit sursauter Ishan qui renversa le reste de son verre. Il s'excusa de sa maladresse et en profita pour se diriger vers la sortie en les remerciant encore des informations qu'ils avaient pu lui fournir sur Féanor. Allan le salua à regret et le regarda s'éloigner avec un sourire mystérieux.

Une fois dans la rue, Ishan eut l'impression qu'il vivait une autre vie que la sienne. Tout un univers se créait autour de lui dans lequel il n'existait pas, duquel sa mère l'avait exclu. Il découvrait que sa mère était devenue une personne dont il ignorait tout, un nouvel être humain totalement différent.

Ishan rentra en colère à l'hôtel. L'abandon de sa mère lui revenait en pleine figure, tel un boomerang. Il pensait avoir dépassé cet épisode douloureux, mais il n'en était rien. Ce soir, il se sentait orphelin pour la seconde fois.
Sachant qu'il ne parviendrait pas à s'endormir avec cette énergie qui bouillonnait en lui, il ressortit chercher un remède à

son mal. Avec tous ces hippies dans les rues, il arriverait forcément à trouver un peu de détente à bas prix.

Effectivement, non loin de là, un petit groupe s'était formé dans un parc et faisait tourner le calumet de la paix. Dépassant son malaise face à cette foule inconnue, il s'approcha et les salua.

— Est-ce que je peux me joindre à vous ?
— Tu es Français, toi aussi ! lui répondit en français celui qui se trouvait en face de lui. Allez, viens.
— ...
— Pas la frite, on dirait ?
— Un peu sonné ; j'aurais bien besoin de me vider la tête et de dormir longtemps.
— Alors je crois que tu es au bon endroit. Tiens !

Et son voisin lui fit passer une roulée très épaisse et conique, à demi consumée.

— Doucement, l'ami, lui conseilla-t-il en le voyant tirer à pleins poumons. Elle est très forte, donc si tu n'as pas envie de t'envoler trop haut, ou de t'enfoncer trop bas, vas-y mollo.

Ishan continua de faire tourner le joint. Il sentait ses jambes et ses bras fourmiller. Enfin, il se détendait. Il s'allongea dans l'herbe, sans entendre ce que son voisin lui disait. La soirée allait se poursuivre sans lui pour quelques instants, car sa raison ne lui répondait plus. Il était juste bien, calme, simplement ici et maintenant. Il ferma les yeux.

12

Presque au même instant, Delhia se réveillait péniblement, dans un lieu inconnu. Ses yeux avaient du mal à s'ouvrir, elle sentait son corps tout endolori. Que s'était-il passé à la fin de cette soirée dont elle n'avait plus de souvenirs ? Où était-elle ? Un malaise l'envahit. Elle ne savait absolument pas combien de temps elle était restée endormie ni ce qu'on avait pu lui faire.

Elle était tellement lasse et engourdie qu'elle abandonna l'idée de se lever et sombra à nouveau dans un sommeil agité.

13

Ishan ouvrit les yeux. Il faisait toujours nuit, mais le parc était calme à présent. Il avait dû s'assoupir assez longtemps. Il se releva et chercha ses clés d'hôtel dans sa poche, elles étaient encore là. Lorsqu'il les sortit, un papier tomba au sol. Il se baissa pour le ramasser, le déplia et déchiffra l'inscription qu'une main affolée semblait avoir écrite, tant les lettres étaient pointues et saccadées.

« Reconnais tes égarements, apprends à pardonner et fais la paix avec toi-même. C'est seulement de cette façon que tu pourras réunir à nouveau ta famille autour de toi. La vie n'aime pas la solitude, mais elle ne supporte pas le mensonge et la trahison. »

Il regarda autour de lui, comme si l'auteur de ces quelques lignes pouvait encore se trouver là, mais seuls des arbres l'entouraient. Celui ou celle qui avait griffonné ce message en savait davantage sur lui que ces inconnus du parc. Se pouvait-il qu'il ait parlé pendant son plongeon dans cet étrange sommeil ? Ce qu'il avait fumé lui avait retourné le cerveau, et il commença à douter des bonnes intentions de ces hippies. Ils l'avaient peut-être drogué dans un but précis. Mais pourquoi se seraient-ils intéressés à lui alors qu'ils ne le connaissaient pas ? Ishan repensa à la boisson qu'Allan lui avait offerte et se demanda si ce n'était vraiment qu'une simple limonade… Incapable de réfléchir de façon sensée, et sentant l'inquiétude le gagner, il remit machinalement le papier dans sa poche et sortit du parc en jetant autour de lui des regards de bête traquée.

Il retourna à l'hôtel avec d'autres questions que celles qui le hantaient quelques heures auparavant, et en prime, une grande dose d'inquiétude. L'horloge de l'entrée affichait 4 heures. Déjà. Le soleil allait bientôt se lever. Ishan se dit qu'il serait plus judicieux de partir dès à présent à la recherche de la communauté de sa mère. Plus vite il la retrouverait, plus vite il chasserait ses interrogations. Peut-être la réalité ne lui plairait-elle pas, mais au moins il ne serait plus dans le doute et le mensonge. Cependant il se sentait tellement affaibli par cette courte nuit passée sur l'herbe dans les effluves de cannabis, qu'il ne put résister à l'appel de son lit. Il rentra dans sa chambre et s'effondra littéralement dans un sommeil sans rêves.

Le soleil était déjà très haut dans le ciel lorsqu'il se réveilla. Ses cheveux noirs étaient hirsutes, il avait le teint grisâtre et la bouche pâteuse. Il regarda sa montre : elle affichait 16 heures. Comment avait-il pu dormir aussi longtemps ? Cela ne lui arrivait jamais. Il resta un instant assis sur son lit. Sa tête était lourde et il avait l'impression que tous ses neurones n'étaient pas encore revenus à leur état normal. Décidément, il n'aurait jamais dû aller voir ces hippies hier soir ni accepter de boire cette limonade.

Sans comprendre ce qui lui arrivait, il se sentit soudainement submergé par une vague de tristesse, ses yeux s'embuèrent et une larme se mit à couler le long de sa joue. Il devait se reprendre. Il respira profondément pour tenter d'endiguer l'émotion qui montait en lui, mais un nœud lui enserrait toujours la gorge. Il se leva et alla se passer le visage sous l'eau. Cela l'apaisa un peu. Quand il releva la tête, il vit son reflet dans la glace et le nœud se resserra à nouveau. Cette émotion, il ne la maîtrisait pas. Et s'il y avait une chose qu'il détestait, c'était de ne pas maîtriser. Pour échapper à cette tristesse absurde, il décida qu'il devait s'activer, cela finirait par passer. Il commença par prendre une douche, s'habilla, puis interrogea le réceptionniste sur le meilleur moyen de se rendre à sa destination et se sentit plus léger.

Deux heures après, le ventre plein, il était assis dans un bus qui l'emmenait par des routes de plus en plus étroites jusqu'à l'arrêt désiré.

Durant le trajet, il avait souri en découvrant l'article qui avait été déchiré pour noter l'adresse de sa mère. Il était question d'une star qui s'était rendue à Paris pour rencontrer de grands spécialistes de la médecine. Espérant voyager incognito, elle s'était vue accueillie par les paparazzis français dès son arrivée à l'aéroport. De fait, tout le monde se demandait ce qu'elle cherchait à cacher.

Il ne put s'empêcher de faire le parallèle avec sa mère qui avait fait le chemin inverse pour disparaître et avec lui-même, revenant sur ses traces, enquêtant comme ces photographes avides de scandales, pour déterrer la vérité. Mais lui au moins avait une raison personnelle de la poursuivre.

Il n'eut aucun mal à trouver la bâtisse qu'Allan lui avait indiquée sur le morceau de journal, il n'y avait rien d'autre à des kilomètres à la ronde. Deux femmes étaient assises autour d'une tasse de thé devant la maison.

— Bonjour, je cherche la communauté créée par Féanor. Est-ce bien ici ?

— Oui, tout à fait, répondit l'une d'elles.

— Est-ce que je pourrais lui parler ?

La plus âgée des deux eut un air un peu triste et ajouta :

— Je suis désolée, mais elle n'habite plus ici. Je suis la nouvelle responsable de ce lieu, du moins temporairement. Puis-je vous aider d'une façon ou d'une autre ? Je m'appelle Mary.

Décidément, il arrivait trop tard encore une fois. La vie se jouait vraiment de lui.

— Je souhaitais lui parler. C'est assez important, cela concerne sa famille. Est-ce que vous sauriez où elle est allée ?

— Suite à ses soucis de santé, elle a décidé de retourner en France pour se faire soigner, car ici les soins médicaux sont très chers et à moins d'être riche, il est impossible de les payer.

— De quoi souffrait-elle ?

— Elle n'a rien voulu nous dire, mais tout le monde ici avait compris avant qu'elle ne parte qu'elle ne ferait pas de vieux os si elle ne se soignait pas.

— Est-elle partie depuis longtemps ?

— Non, c'est tout récent, cela fait environ une semaine. Elle a perdu beaucoup de temps pour réunir l'argent du billet d'avion. Personne ne voulait la voir s'en aller, mais nous lui avons pourtant donné tout ce que nous pouvions pour l'aider, car nous sentions que c'était sa seule chance, il fallait qu'elle rentre en France au plus vite.

Ishan accusa le coup. Une semaine ! Il l'avait manquée d'une semaine ! C'était vraiment rageant. Il tenta néanmoins de ne rien laisser paraître, car ces personnes n'y étaient pour rien. Il affichait malgré tout un air dépité.

— Vous aurait-elle confié un numéro, une adresse, ou tout autre moyen de la joindre ?

— Non, elle nous a promis de nous envoyer de ses nouvelles dès qu'elle pourrait, mais elle ne nous a pas encore fait signe. Elle a simplement dit qu'elle rêvait de visiter Paris avant de mourir.

Elle fit une pause. Elle était inquiète de voir Ishan dans cet état. Il avait le regard dans le vague et une tristesse profonde se lisait sur son visage.
— Vous avez l'air fatigué, voulez-vous vous reposer un peu ?
— C'est très gentil, mais je vais essayer de reprendre le prochain bus pour San Francisco, savez-vous à quelle heure il passe ?
— Il n'y en aura pas avant demain matin. Vous avez dû le remarquer, il n'y a pas grand monde par ici et les liaisons ne sont pas très fréquentes.

Comment Ishan avait-il pu ne pas s'en préoccuper avant de partir, lui qui était si méticuleux d'habitude ? Encore un détail qui ne lui ressemblait pas. Il regarda autour de lui la végétation qui s'étendait à perte de vue et comprit qu'il n'avait pas vraiment le choix, il lui était impossible de rentrer à l'hôtel à pied. Il accepta donc leur hospitalité. Une tasse de thé à la main, il s'installa dans l'herbe avec les deux femmes. En échange de quelques maigres confidences de sa part, Ishan apprit que sa mère avait également été très appréciée ici et qu'à aucun moment elle n'avait fait référence publiquement à la famille qu'elle avait laissée en France. Cependant, l'une d'elles était devenue plus intime avec Féanor au fil du temps. Un soir pas comme les autres, elle lui avait confié avoir fui la France, car elle ne supportait plus le mensonge et les changements qui s'étaient produits dans sa vie. Elle pensait qu'elle ne pourrait jamais effacer ses erreurs là-bas et que le seul moyen de faire table rase était de partir loin, là où plus rien ne lui rappellerait son passé. Et maintenant, malgré elle, la maladie la ramenait en arrière. Comme si elle devait retourner affronter ses démons.

Emma, la plus jeune des deux femmes, lui confia également que sa mère se réveillait régulièrement en hurlant la nuit depuis quelques mois, en suffoquant, avec un regard de possédée, comme si le diable était en face d'elle. Elle disait qu'elle se voyait brûler dans les feux de l'enfer et que personne ne venait à son secours. Et à côté d'elle, il y avait toujours la même poupée qui la regardait de ses grosses billes de verre et la suppliait silencieusement de la sauver.

Lorsque Ishan se leva pour les aider à préparer à manger, la note griffonnée s'échappa de sa poche sans qu'il s'en aperçoive. Emma le ramassa et le déplia machinalement. Elle sourit et rattrapa Ishan pour le lui rendre.
— Tenez, vous avez fait tomber ceci.
— Oh, merci.
— Je vois que vous avez un point commun avec Féanor. Elle aussi faisait de l'écriture automatique, elle se laissait traverser et nous apportait des messages énigmatiques que nous ne comprenions que bien plus tard. Cela me manque, comme tant d'autres choses que je partageais avec elle.
— De l'écriture automatique… Est-ce que tout le monde peut en faire ?
— Oui, mais tout le monde n'arrive pas à se connecter à l'univers pour recevoir le type de message qu'elle percevait. Il faut savoir être à l'écoute de ce qui est plus grand que soi, savoir s'abandonner et faire confiance. Féanor y parvenait très bien et nous délivrait des informations qui étaient parfois très importantes. Mais lorsqu'il était question d'elle-même, alors là, il n'y avait plus personne, comme si une porte se refermait en elle. Je crois qu'il n'y a que d'elle-même qu'elle ne savait pas ou ne voulait pas prendre soin.

Ishan aida les deux femmes à préparer à manger et à mettre le couvert. Bientôt, trois hommes arrivèrent, puis deux femmes et tout le monde s'assit dehors, autour d'une grande table pour partager le repas. Étrangement, Ishan ne se sentait pas exclu de leur cercle ; il ressentait une réelle bienveillance qui lui permit de manger sereinement, écoutant les discussions joyeuses et répondant avec légèreté à ceux qui lui posaient des questions.

Il en était le premier étonné, car il n'avait pas pour habitude de s'intégrer facilement à un groupe, mais ce soir tout lui semblait simple et fluide. Il aurait tellement aimé qu'il en soit toujours ainsi. Mais il savait que son naturel en était très éloigné et qu'il reprendrait très vite le dessus, beaucoup trop vite. Alors il savoura ces instants avec le même bonheur qu'un enfant mange un bonbon qu'il n'a jamais eu le droit de goûter.

Il sentait confusément qu'il devait cela à sa mère, sans vouloir se l'avouer tout à fait. Lorsque la soirée toucha à sa fin, Mary lui prépara un lit dans un petit bureau à côté de la cuisine et lui souhaita une bonne nuit.

Une fois dans sa chambre, Ishan s'assit sur le lit, dos à la porte. Le mobilier était assez sommaire, la pièce était propre, sobre et impersonnelle. Il s'y sentit étranger et sa solitude revint en bloc, massive, avec son flot de tristesse, plus puissante encore que l'après-midi. Ces instants légers, passés avec ces personnes qui étaient des inconnus quelques heures auparavant, l'avaient remis face à l'isolement dans lequel il se trouvait à Marseille : sans famille, sans ami, à peine des connaissances avec lesquelles il ne partageait presque rien. Dans le groupe de ce soir, il avait ressenti une telle amitié de cœur que cela ne faisait qu'augmenter le vide qui le rongeait. Sa vie lui sembla terriblement monotone et triste ; il n'existait pour personne, ou presque…

Des larmes se remirent à couler sur ses joues et cette fois-ci il fut incapable de les retenir. Plus il tentait de les ravaler, plus elles revenaient en force. Et plus elles prenaient de puissance, plus il était honteux de ce qu'il voyait de lui, de cet individu faible et solitaire, que même sa mère avait renié. Il se sentait happé par un tourbillon de tristesse. Bientôt, les larmes devinrent des sanglots qu'il n'arrivait pas à endiguer. Il était tellement malheureux.

Il n'entendit pas les pas légers qui passèrent la porte de sa chambre et se rapprochèrent de lui. Une main vint se poser sur son bras, un visage sur son épaule. Contre toute attente, il se laissa faire. Il avait tant besoin d'amour et de se sentir exister qu'il accueillit cela comme un rayon de soleil pendant l'orage. Une autre main se posa sur son cœur et ses larmes redoublèrent. Il s'abandonna à ce contact et à cet accueil inconditionnel, laissant remonter en lui le petit enfant consolé par sa mère. Il pleura longtemps. Lorsque ses larmes cessèrent, il s'allongea sur le lit, accompagné par un corps qui épousait son dos et qui le serrait dans ses bras avec une infinie douceur.

Le lendemain matin, il était seul lorsqu'il se réveilla et durant le petit déjeuner, il n'y eut aucune allusion à ce qui s'était passé dans l'intimité de sa chambre. Il les remercia tous chaleureusement pour leur accueil et alla attendre le bus qui le ramènerait à son hôtel. Il souhaitait maintenant rentrer au plus vite en France et eut la chance de trouver une place disponible dans un avion décollant le soir même. Il réserva aussitôt.

Il profita ensuite de ses quelques heures de liberté pour découvrir San Francisco. Il prit plaisir à marcher dans ses dédales de rues pentues, à descendre les lacets de Lombard

Street, à regarder les maisons victoriennes, à prendre le tramway pour rejoindre les différents quartiers qui se côtoyaient. Chacune de ces communautés semblait imperméable tout en restant tolérante à partir du moment où chacun respectait le territoire de l'autre et cet équilibre l'étonnait.

Il se demandait à quoi aurait ressemblé sa vie s'il avait grandi dans ce lieu, quel serait le quartier qui lui correspondrait et quel métier se serait ouvert à lui. Il sentait l'influence de l'environnement sur l'homme et son évolution, tout comme l'homme avait un pouvoir immense sur son environnement, qu'il détruisait petit à petit. Il se perçut minuscule au milieu de ce vaste monde qu'il connaissait finalement si peu. Il était un grain de sable qui ignore de quel rocher il s'est détaché et quel chemin il a parcouru pour se retrouver ici et maintenant. Cette ville était à son image, morcelée et disparate, vivant au présent sur les ruines et les victoires du passé.

Lorsque Ishan fut installé dans l'avion, il s'étonnait encore des derniers évènements. Les substances de la nuit précédente avaient-elles pu avoir une influence sur ses émotions ? Il l'ignorait, mais il sentait qu'une part de lui avait été entendue et nourrie. Et il espérait que cela pourrait l'aider dans ses retrouvailles avec sa mère.

Il prit également conscience que le temps était désormais compté. Il devait à tout prix la retrouver avant qu'il ne soit trop tard. Il demanda à une hôtesse quelque chose pour dormir et ne se réveilla que lorsque son avion se posa à Paris en fin d'après-midi.

Dès le lendemain, il pourrait se remettre en quête de sa mère. Il devinait que les recherches seraient plus faciles à présent et que le plus dur serait probablement de l'affronter, en supposant qu'elle soit encore en vie.

14

Cette fois, lorsque Delhia se réveilla, elle avait les idées plus claires. Son corps allait mieux, mais elle se demandait combien de temps elle était restée endormie. Dehors, il faisait nuit. Incapable de savoir où elle se trouvait, une seule chose était certaine : elle n'était pas chez elle. C'était une petite pièce très sobre qui ressemblait à une chambre d'hôtel. Où cet homme avait-il pu l'emmener et pourquoi ?

Il n'y avait que très peu d'objets dans la pièce : quelques papiers et des habits masculins qui, étrangement, ne lui paraissaient pas inconnus. Il y avait également des affaires de toilette dans la salle de bain. Étant donné ce qu'il avait laissé dans la chambre, l'homme allait revenir et elle ne souhaitait pour rien au monde le croiser. Très rapidement, elle passa à la salle de bain, jeta un dernier coup d'œil à la pièce et claqua la porte derrière elle. Elle descendit un étage, traversa le hall qui était vide et se retrouva hors de l'hôtel. Elle n'avait qu'une idée en tête : rentrer chez elle au plus vite.

Une fois dans la rue, elle fut incapable de savoir dans quel quartier elle se trouvait. Pourtant, elle connaissait bien Marseille. Elle longea la rue, bifurqua sur une avenue plus animée et aperçut un arrêt de bus : elle allait pouvoir se repérer. Mais le bus qui passa à sa hauteur lui fit froid dans le dos : ce n'était pas un bus marseillais. Sous l'abri, elle regarda l'affiche avec le plan, pour découvrir une inscription « RATP, ville de Paris ».

Passé le moment de stupeur, elle réalisa qu'elle ne pourrait pas revenir chez elle à pied et encore moins sans argent. Elle n'avait absolument pas envisagé cette possibilité et n'avait pas beaucoup de solutions. Faire du stop n'avait jamais été une option pour elle, depuis l'époque où une fille de son école s'était retrouvée à l'hôpital pour être montée dans la mauvaise voiture. Elle ne s'imaginait pas mendier sur le bord du trottoir jusqu'à rassembler la somme nécessaire à son voyage, et il lui faudrait manger, car son estomac commençait à crier famine.

Elle ne voyait pas à qui elle pourrait demander de l'aide, car du fait de sa mésaventure récente sur la Canebière, il lui semblait inenvisageable de se tourner vers les forces de l'ordre. De nouveau sans papiers, elle ne voulait pas prendre le risque d'aggraver son cas ou revivre la terreur qui l'avait envahie face à des policiers. Même si elle n'avait pas réussi à comprendre ce qui lui était arrivé ce soir-là pour perdre ainsi le contrôle, elle entendait au fond de ses entrailles une voix qui lui criait de ne pas s'y confronter à nouveau. Elle allait donc devoir se débrouiller toute seule.

Elle rebroussa chemin et poussa la porte de l'hôtel. Il allait lui falloir du courage pour affronter la situation : cette chambre qui lui donnait des frissons, l'inconnu qui l'avait enlevée et qui finirait par revenir, et ces quelques heures troubles dont elle n'avait aucun souvenir.

Mais elle avait négligé un détail : en entrant dans le hall, elle fut interpellée par un homme à la réception.

— Bonjour, madame, je peux vous aider ?

Elle s'arrêta net. Comment pouvait-elle justifier sa présence et demander à entrer dans la chambre de quelqu'un dont elle ignorait tout jusqu'à son nom ? Après quelques secondes de panique, elle se souvint du numéro de la chambre ; tout n'était pas perdu.

— Je viens rendre visite à la personne de la 213.
— Un instant, je vais vérifier s'il est disponible.
Il décrocha son téléphone.
— ...
— Je suis désolé, personne ne répond. Voulez-vous lui laisser un message ?
— C'est-à-dire que... est-ce que je peux l'attendre ?
— Nous avons un espace juste derrière vous, vous pouvez vous y installer. Par contre, après 23 heures, s'il n'est pas revenu, je devrai vous demander de partir.
— Je vous remercie. Si je ne le vois pas passer, pourrez-vous me prévenir, s'il vous plaît ?
— Bien sûr, madame.

23 heures... Il lui restait une heure à attendre, en priant pour que l'inconnu arrive avant ; une heure d'angoisse et d'espoir s'annonçait. S'il ne revenait pas, que ferait-elle ? D'autant que même si le réceptionniste s'éclipsait quelques instants, elle ne pourrait pas retourner dans la chambre : elle n'avait ni clé ni carte pour ouvrir la porte. Elle était bel et bien de nouveau à la merci de cet inconnu.

L'heure passa, lentement, silencieusement. Seul son estomac se rappelait bruyamment à elle avec vigueur. Par moments, le réceptionniste la regardait du coin de l'œil, se demandant sans doute quel lien elle pouvait avoir avec l'homme de la 213, supposant peut-être des choses qu'elle préférait ne pas imaginer.

À 22 h 50, un homme pénétra dans le hall. Il échangea un bref salut avec le réceptionniste, doublé d'un clin d'œil de connivence. Il posa un regard insistant sur Delhia qui sentit son cœur battre très fort dans sa poitrine.

C'était lui, cela ne pouvait être que lui ! Elle ne reconnaissait pas son visage, mais vu sa façon de réagir, elle n'en doutait pas. Cette fois, la panique s'installa en elle. Ses mains se mirent à trembler. Elle voulut se lever pour aller vers lui, mais son corps se paralysa. Elle le vit hésiter un instant, un petit sourire au coin des lèvres, puis il bifurqua et disparut dans l'escalier.

Alors qu'elle allait bouger pour le suivre, persuadée qu'il se jouait d'elle, elle fut interrompue par le réceptionniste :

— Dans dix minutes, s'il n'est pas là, vous ne pourrez pas rester ici.

Un nouveau coup de poignard s'enfonça dans son cœur. Delhia fut à la fois soulagée et déçue que ce ne soit pas l'homme qu'elle attendait. Qu'allait-elle faire s'il n'arrivait pas très vite ?

À 23 heures, le réceptionniste vint vers elle :

— Madame, je dois maintenant vous demander de partir ou de prendre une chambre si vous souhaitez rester dans notre hôtel.

— Je comprends, mais je ne sais pas où aller. Tant que je n'aurai pas revu ce monsieur, je n'ai nulle part où loger et aucun moyen de rentrer chez moi. Ne pourriez-vous pas me laisser entrer dans sa chambre ?

— Vous comprendrez aisément que ce monsieur est notre client et que sans sa permission, il m'est impossible de vous en donner l'accès. Maintenant, je dois vraiment fermer.

— S'il vous plaît… Vous ne pouvez pas me faire ça, j'étais avec lui et j'ai oublié de reprendre mon sac à main et la clé pour y revenir. Je n'ai ni argent ni papiers avec moi. Je vous en prie…

— N'insistez pas, madame, cela ne servira à rien. Les règles sont les règles. Maintenant, sortez.

— Tentez au moins de le rappeler, au cas où il se soit endormi et n'ait pas entendu la première fois.

Le réceptionniste ne prit pas la peine de répondre à sa requête. Il la regardait d'un air sévère et glacial et cela valait beaucoup plus qu'un refus oral. Delhia sentit une vague de chaleur envahir son corps, tout en elle se rebellait face à cette injustice, face à cet homme qui allait la condamner à passer la nuit dehors, qui allait la rabaisser au même niveau qu'une SDF. Elle décida soudain de changer de tactique et de tenter le tout pour le tout :

— Comprenez-moi, je n'ai nulle part où aller. Je ne peux pas dormir dans la rue.

Elle fit une courte pause pour préparer son effet et reprit :

— On peut peut-être s'arranger ?

Sa voix avait changé, elle était devenue douce, un peu mielleuse et son attitude beaucoup plus avenante. Le réceptionniste eut un mouvement d'arrêt ; allait-il se laisser amadouer ? Mais la moue dédaigneuse qu'il afficha la seconde d'après lui donna la réponse avant même qu'il ait ouvert la bouche.

— Je ne suis pas les services sociaux, madame, et je mange encore moins de ce pain-là, lui lança-t-il d'un ton amer en regardant sa poitrine. Maintenant, sortez ou j'appelle la police.

En disant cela, il avait la main posée sur le combiné et Delhia frémit. C'était sans espoir. En tournant les talons, elle murmura entre ses dents « Espèce de connard » et claqua la porte derrière elle.

Quelques instants après, elle se retrouva dehors, totalement démunie. Elle resta longtemps debout à l'entrée de l'hôtel, imaginant l'arrivée de celui qu'elle voyait à la fois comme son bourreau et son sauveur. Mais les passants se faisaient de plus en plus rares et si son cœur se serrait chaque fois qu'un homme

apparaissait au bout de la rue, chaque fois ses espoirs étaient déçus.
Épuisée, elle finit par s'asseoir à même le trottoir. Heureusement, il faisait doux ce soir, elle ne mourrait pas de froid. Mais pour ce qui était de la faim, c'était un autre problème. Son estomac criait famine et lui faisait mal.
Elle lutta longtemps contre l'envie de fermer les yeux, ne serait-ce qu'un court instant, mais vers trois heures du matin, elle perdit le contrôle quelques secondes ; quelques secondes de trop. Elle s'endormit.

Lorsque Delhia revint à elle, elle se trouvait dans un lit blanc, fiévreuse et recroquevillée. Les yeux dans le vague, elle peinait à ajuster sa vision. Elle entendait autour d'elle le bruit de machines qui bipaient, sonnaient, ronflaient. Des présences mécaniques, qu'aucun humain ne venait réchauffer. Le froid la pénétrait et une peur sourde la gagna : elle avait envie de disparaître, de mourir pour ne plus rien ressentir. Elle réalisait combien sa vie était triste et vide de sens, enfermée dans un corps qu'elle contrôlait de moins en moins et qui la faisait souffrir.
Elle tenta de se retourner mollement, quand elle sentit une chaleur sur sa joue, une douceur qui lui fit du bien et le visage de sa mère lui apparut. Cela faisait longtemps qu'elle ne l'avait pas revue et sa tendresse et sa présence lui manquaient profondément. Mais la seconde caresse lui sembla mouillée et un peu rugueuse. Elle cligna des yeux et sursauta : un gros chien était en train de la lécher.
Prise de panique, Delhia bascula sur le côté avant de se relever d'un bond et de s'enfuir. Le chien prit peur également et partit en sens inverse en faisant cliqueter son collier. Au bout d'un moment, Delhia s'arrêta de courir et retrouva ses esprits.

Elle revint sur ses pas, le cœur battant, pour récupérer sa veste tombée non loin de l'hôtel. Le gros chien avait disparu. Quelle frayeur elle avait eue !

    Il faisait encore nuit, il était à peine plus de 4 heures et elle n'avait toujours aucune idée de ce qu'elle allait pouvoir faire. Pour tuer le temps, elle se mit à marcher le long de la rue, lentement, comptant ses pas, les entrées d'immeubles, les fenêtres, les lampadaires, se retournant au moindre bruit, continuant d'espérer que l'inconnu de la 213 finirait par arriver. Elle repensa au visage de sa mère et sentit un poids énorme sur sa poitrine, une tristesse vint lui nouer la gorge. Elle aurait tant aimé qu'elle soit là pour la prendre dans ses bras, comme quand elle était petite.

    Vers 6 heures du matin, le sommeil fut à nouveau le plus fort et elle s'endormit sur le perron d'un immeuble, à côté de l'hôtel.

15

Il était 9 heures ce matin-là dans le hall de ce même hôtel, quand un homme passa devant le réceptionniste.
— Bonjour, monsieur. Une femme a demandé à vous voir hier soir, mais vous ne répondiez pas au téléphone, alors j'ai pensé que vous étiez sorti.
— Je me suis endormi très tôt et je n'ai rien entendu. Une femme vous dites ? Vous a-t-elle laissé son nom ?
— Désolé, monsieur, non.
— Ce n'est rien, bonne journée.
Et il s'éloigna, sans remarquer le tube de rouge à lèvres abandonné sur le trottoir, juste à côté de la porte d'entrée.

16

Un peu plus tard, dans Paris, Ishan s'engouffrait dans une bouche de métro. Il était contrarié par ses recherches Internet qui n'avaient pas abouti comme il l'aurait souhaité. Aussi avait-il décidé de se rendre dans les établissements de santé pour vérifier en personne si sa mère s'y trouvait ou non. Il en avait dressé la liste avant de sortir. Il avait au moins une certitude : si elle séjournait dans l'un d'entre eux, elle y serait inscrite sous son vrai nom, une obligation si elle voulait être prise en charge par l'assurance maladie.

Après avoir effectué un long circuit et essuyé un grand nombre de réponses négatives, il finit par arriver à l'Institut Marie Curie. Il passa au bureau des admissions et demanda s'il lui était possible de rendre visite à sa mère.
— Quel numéro de chambre ?
— Je ne sais pas, mais elle s'appelle Féanor Pandit.
— Un instant.
La femme en face de lui pianota sur son ordinateur.
— Chambre 213, 2e étage.
Cherchant à cacher au mieux l'émotion qui le prenait, il réussit à articuler, d'une voix à peine perceptible, un faible :
— Merci.

En atteignant le 2e étage, il ne put savoir si la violence des battements de son cœur venait des deux étages qu'il achevait de monter ou de ses futures retrouvailles avec sa mère. Devant la porte 213, il hésita un instant. Son rythme cardiaque s'accélérait de plus en plus et ses jambes tremblaient.

S'il se référait à la spécialité de cet établissement, sa mère avait très probablement un cancer. Il redoutait l'accueil qu'elle lui réserverait et leurs premiers mots échangés, mais il se sentait encore plus inquiet de la façon dont lui-même allait réagir en la revoyant. Perdu dans ses pensées, il laissait sa main suspendue au-dessus de la poignée, sans pouvoir commander à ses muscles d'ouvrir la porte à son passé et à son futur.

Une infirmière apparut à ce moment-là et se sachant observé, il trouva le courage d'entrer.

Cependant, il ne reconnut pas la vieille femme allongée dans le lit. Il en chercha un second dans la pièce, mais il n'y en avait pas. S'était-il trompé de chambre ?

Elle dormait. Il s'approcha du pied du lit pour examiner la fiche médicale : cette inconnue était effectivement sa mère. L'image d'elle qu'il avait retrouvée dans sa mémoire était assez éloignée de celle qu'il avait maintenant devant les yeux. Son corps frêle semblait prêt à se briser au moindre contact. Elle paraissait avoir 15 ans de plus que les 48 qu'elle avait en réalité ; son visage était buriné par les années et le soleil, et ses traits étaient crispés malgré le sommeil. Peut-être aurait-il reconnu ses yeux si elle avait été éveillée, mais il n'en était même pas sûr. Le détail le plus marquant qui lui était revenu, c'était un regard brillant de fureur, la colère de sa mère et la haine qui se dégageait d'elle.

Il était partagé entre l'envie de partir pour fuir tout ce qu'elle lui rappelait au plus profond de son corps et son désir d'obtenir des réponses à ses questions, de savoir si une pointe d'amour demeurait encore possible entre eux. Mais au fond de lui, s'il voulait être honnête, il était évident qu'il ne pouvait pas avoir effectué tout ce chemin pour reculer maintenant. Il s'approcha d'elle et posa une main sur son bras, espérant qu'elle se réveillerait doucement.

Cependant, à peine l'eut-il touchée que sa vue se brouilla, ses oreilles se mirent à bourdonner violemment et il s'écroula sur le sol, lourdement. Sa tête heurta le carrelage avec un son mat. Le souffle coupé, il essaya de déboutonner le col de sa chemise, mais il avait l'impression que deux mains lui enserraient le cou. En ouvrant les yeux, il vit sa mère au-dessus de lui en train de l'étouffer. Dans son regard, la haine luisait, plus forte que jamais ; elle voulait le tuer.

Il tenta en vain de se débattre ; il était paralysé et bientôt l'oxygène lui manqua. Il fut secoué de quelques derniers soubresauts, sa vue se brouilla à nouveau et les sensations dans son corps s'évanouirent. Il se sentit soudainement léger, calme, serein, presque heureux. Il aurait aimé rester dans cet état de bien-être pour l'éternité.

Mais des images se mirent à défiler et le tirèrent dans un autre monde beaucoup moins agréable.

Il découvrit, sur une immense place déserte, une poupée aux grands yeux en train de brûler sur un bûcher ; elle semblait le supplier de la sauver. Mais avant qu'il ait le temps de réagir, elle se transforma en un horrible diable, ricanant de plus en plus fort, sa mâchoire s'ouvrant à la façon des anciens poupons de porcelaine. Le rire résonnait tellement qu'il finit par ressembler à un hurlement. Sa mâchoire se détacha et tomba sur le sol. La poupée était toujours léchée par les flammes et peu à peu ses longs cheveux disparurent, sa jolie robe brûla et ses cils se racornirent sous la chaleur. Elle avait piètre allure à présent et seule une faible plainte sortait encore de sa poitrine.

L'instant d'après, un éclair illumina le ciel et un violent orage éclata. Il se mit à pleuvoir très fort. Le feu s'arrêta instantanément et la couche de suie noire collée sur la poupée coula, pour ne laisser qu'un frêle pantin gris et triste, sans cheveux ni vêtements au pied d'un bûcher éteint. Il ressemblait plus à un bagnard travaillant dans une mine de charbon qu'à la poupée d'avant. Il n'y avait absolument rien alentour, il était seul au milieu de nulle part, livré à lui-même.

Lorsque la vision s'atténua, une nouvelle image vint prendre sa place. Il vit Delhia au chevet de sa mère, lui tenant la main et pleurant. Delhia lui demandait de lui pardonner son acte et tout ce qu'elle lui avait fait subir. Elle la suppliait de l'aimer à nouveau. Au même instant, sa mère ouvrit les yeux et lui sourit avec une douceur infinie.

— Ma fille, tu es revenue, c'est bien toi, je suis si heureuse. Ne laisse plus jamais cet horrible monstre reprendre le contrôle sur ta vie, jamais. Reste telle que tu as toujours été, ma petite fille.

Lorsque ce dernier flash se dissipa, la chambre de l'hôpital réapparut devant les yeux de Ishan. Il n'était pas mort ! Il était allongé sur le sol froid et sa tête lui faisait atrocement mal. Il sentait une peur sourde au fond de son ventre, et ne comprenait pas ce qui venait de lui arriver. Péniblement, il se releva et constata que sa mère dormait encore. Pourtant il eut l'étrange impression que ses traits étaient plus détendus que tout à l'heure et fut presque tenté de caresser sa joue. Mais à l'idée que cette horrible expérience puisse se reproduire, il éloigna sa main d'un geste sec, tourna les talons et sortit de l'hôpital au plus vite.

Dans son trouble, il ne vit pas cette infirmière au bout du couloir qui l'observait dans sa fuite, silencieuse.

Ishan repartit aussitôt en direction de l'hôtel. Il avait des vertiges.

En arrivant non loin de son hôtel, il reconnut sa sœur, allongée sur le trottoir. Elle semblait mal en point, son visage grimaçait et ses traits tirés témoignaient d'un grand manque de sommeil. Pourquoi le destin la mettait-elle une nouvelle fois sur son chemin depuis ces derniers jours ? Il n'imagina pas un instant lui venir en aide, il rêvait de la voir morte depuis trop longtemps. Pourtant, la douleur et la détresse qu'il lisait sur ce corps familier ne le laissaient pas totalement indifférent.

L'espace d'une seconde, l'image de sa mère se superposait à celle de sa sœur. Sa vue se brouilla. Non, il ne voulait pas d'une nouvelle vision. Il serra les poings et les mâchoires très fort, ferma les yeux et secoua la tête.

Lorsqu'il les rouvrit, les deux femmes avaient disparu. Il rentra en hâte dans sa chambre.

17

Lorsque Delhia se réveilla, elle était allongée dans un lit. Elle regarda autour d'elle pour constater qu'elle se trouvait à nouveau dans la chambre d'hôtel de la veille, seule. Elle eut la vague impression d'être repartie un jour en arrière. Tout semblait parfaitement identique, à l'exception des heures pénibles qu'elle se rappelait avoir passées à fuir et à tenter de revenir ici. Pourtant, c'était techniquement impossible. Ce ne pouvait être hier et ses souvenirs étaient trop réels pour qu'elle ait rêvé. Cependant, elle ne s'expliquait pas comment l'inconnu aurait pu la ramener sans qu'elle se réveille. À moins que ce ne soit le réceptionniste dans un élan de pitié…

Après les évènements des derniers jours, Delhia commençait à s'inquiéter de son état de santé mentale, mais elle préféra refouler cette idée qui lui donnait des frissons. Elle connaissait les crises de démence de son père et elle ne souhaitait pas suivre le même chemin.

Elle passa à la salle de bain, prit une longue douche chaude et s'habilla avec ses vêtements sales, faute d'habits de rechange.

En fouillant les poches de la veste accrochée dans l'entrée, elle trouva un petit porte-monnaie avec de l'argent. C'était inespéré. Elle allait pouvoir s'acheter à manger et de quoi se changer. Cette fois-ci, elle pensa à prendre la clé posée à côté de la porte. Elle vérifia que le réceptionniste ne se trouvait pas dans le hall et elle sortit de l'hôtel. Elle avait également pris soin de laisser une petite fenêtre du rez-de-chaussée déverrouillée. Cela lui permettrait de rentrer, quelle que soit l'heure sans risquer de se faire refouler à l'entrée. Il était tout juste 20 heures.

Le quartier était encore animé et elle découvrit rapidement une friperie ouverte malgré l'heure tardive, où elle put acheter deux robes et quelques dessous pour presque rien. Puis elle s'installa dans un petit restaurant et put enfin se remplir l'estomac.

Alors qu'elle savourait le reste du riz dans son assiette, elle eut soudain un déclic. Elle se trouvait à Paris ! Pourquoi n'y avait-elle pas pensé plus tôt ? Elle était exactement à l'endroit où elle devait être, où elle avait besoin d'aller ! Instantanément, un grand sourire se dessina sur son visage et elle décida que la vie était parfaite. Enfin, presque. Elle allait maintenant devoir faire confiance à son instinct pour retrouver sa sœur dans cette ruche immense.

Vivifiée par cette intention, elle finit son repas et sortit marcher. Elle se sentait l'âme légère et avait envie de danser ! Ah, comme cela lui manquait dans ces jours gris ! Si elle ne s'était pas retenue, elle se serait mise à tournoyer sur le trottoir, tant l'euphorie de cette révélation lui gonflait le cœur d'espoir. Elle était heureuse de se lancer à la recherche de sa sœur, et pour y parvenir, elle ne devait pas rester enfermée dans ce restaurant et encore moins dans cette chambre d'hôtel.

Delhia marcha beaucoup ce soir-là, les yeux grands ouverts sur le monde qui l'entourait. Elle interrogeait du regard chaque femme, chaque croisement de rues, à la recherche d'un indice, d'une piste à suivre. Toute son attention tournée sur l'extérieur, elle espérait qu'un voyant s'allumerait au-dessus d'un lieu ou d'une personne lui indiquant où aller.

Mais rien de tel ne se produisit. Qu'avait-elle cru ? Trouver sa sœur par hasard au cœur de Paris, simplement parce qu'une voyante lui avait dit de faire confiance à son instinct pour la retrouver ? Elle ne savait pas à quoi elle ressemblait aujourd'hui, ni comment elle occupait ses journées, ou encore si elle habitait dans Paris ou en banlieue. Si elle avait des enfants, ce n'était pas vraiment le soir qu'elle avait le plus de chance de la rencontrer.

Le moment d'euphorie était passé et elle retourna à l'hôtel, lasse et démotivée. Par chance, il n'y avait personne dans le hall et elle regagna sa chambre sans difficulté. Rien ne semblait avoir été déplacé depuis son départ, ce qui était fort étrange.

18

Au matin, Ishan se réveilla bien mal en point. Ses jambes le faisaient souffrir et une nausée permanente le garda cloué au lit. Il demanda au réceptionniste de lui apporter quelques médicaments et un peu de soupe, mais ne quitta pas sa chambre de la journée. S'il se sentait aussi mal le lendemain, il accepterait peut-être la visite d'un médecin, ce qu'il venait de décliner avec tranchant.

« S'il me diagnostiquait la même maladie que mon père et que l'on m'enfermait, je ne pourrais pas aller au bout de mes recherches. Je dois tenter de m'en sortir par moi-même, trouver les ressources en moi. »

19

Le lendemain, Delhia profita de la fin d'après-midi pour repartir à la recherche de sa sœur. L'inconnu de l'hôtel n'avait toujours pas réapparu et cela l'arrangeait bien. Cependant, elle n'avait pas autant d'entrain que la veille. Au coin d'une rue, une jeune femme lui tendit un feuillet publicitaire qu'elle accepta machinalement. Alors qu'elle s'apprêtait à le mettre dans une poubelle quelques mètres plus loin, son regard s'arrêta sur le titre du film annoncé sur le papier : « Viens me chercher ». Elle qui voulait voir des signes partout, elle sentit que pour une fois elle tenait peut-être une piste à suivre. En retournant l'imprimé, elle trouva les horaires des séances. L'une d'elles commençait dans cinq minutes. Elle fit demi-tour pour demander à la jeune femme où se situait ce cinéma.

— C'est une salle d'art et d'essai à 5-10 minutes à pied d'ici. Si vous continuez cette rue tout droit, vous arriverez au square Ledoux. Le cinéma se trouve juste de l'autre côté de ce parc, vous ne pourrez pas le manquer. Si vous vous dépêchez, vous y serez pour le début de la prochaine séance.

Delhia la remercia vivement et partit à petites foulées. Avant de traverser le parc, elle regarda sa montre : il lui restait 2 minutes. Même si courir n'avait jamais été sa passion, elle accéléra un peu le pas. Encore une minute et elle arriverait juste à temps. Elle était remplie de l'espoir irraisonné que ce film lui apporterait une réponse et elle se sentit pousser des ailes.

L'espace d'une seconde, elle eut réellement la sensation qu'elle volait vers le cinéma, que ses pieds ne touchaient plus terre, comme projetée vers son but, mais le retour à la réalité fut brutal. Ses jambes partirent en avant et sa tête frappa violemment le sol.

Elle venait d'être renversée par un vélo.

— Madame, madame, vous m'entendez ?
Delhia ne montra aucune réaction.
— Mon Dieu, qu'ai-je fait ? Madame !
Au moment où elle serra sa paume avec force, Delhia réagit. L'inconnue poussa un soupir de soulagement.
— Comment vous sentez-vous ? Avez-vous mal quelque part ?
— À la tête, là.
— Ne bougez pas, je vais regarder, je suis infirmière, lui dit-elle pour la rassurer. Vous ne saignez pas, mais le choc a pu créer une lésion interne. Je vais appeler une ambulance pour qu'on vous examine, je pense que c'est plus prudent.
— Non, non, pas d'ambulance, je n'ai pas mes papiers, ni d'assurance et je n'ai pas les moyens de payer de frais médicaux. Ne vous inquiétez pas, ça va aller.
— Oh, je suis vraiment désolée. Venez au moins chez moi, j'habite juste à côté. Et si d'ici une heure vous vous sentez bien, vous pourrez repartir.

Voyant son hésitation, elle continua :
— Comme je vous l'ai dit, je suis infirmière et si je ne vois aucun signe inquiétant, je vous laisserai rentrer chez vous, je vous le promets. Et surtout, je serai rassurée, je ne peux pas vous laisser ainsi, je me sens tellement coupable.
— Je vous remercie, mais ça va aller, vraiment, répéta Delhia pour se convaincre elle-même.

En disant cela, elle tenta de se redresser, mais la tête lui tournait et elle comprit qu'elle ne pourrait pas aller loin dans son état. Elle n'avait d'autre choix que d'accepter la proposition de cette inconnue.

— Venez, appuyez-vous sur moi. Je suis vraiment désolée, je ne vous ai pas vue, vous êtes sortie de derrière cet arbre en un éclair et je n'ai rien pu faire pour vous éviter.

— C'était ma faute, je n'ai pas regardé en traversant le parc.

— Je m'appelle Stella et vous ?

20

Le lendemain, Ishan avait un mal de tête lancinant, comme si chaque cellule de son cerveau avait livré une bataille sans relâche aux microbes qui l'assaillaient et lui criaient repos. Malgré tout, il se sentait un peu mieux que la veille. Il se mit debout, fit quelques pas peu assurés et parvint sans encombre jusqu'à la salle de bain. À peine eût-a-t-il appuyé sur le bouton de la lumière qu'il se retrouva instantanément projeté dans la chambre de sa mère, à l'hôpital. Elle avait les yeux ouverts et ses traits étaient crispés. Elle semblait appeler à l'aide, mais aucun son ne sortait de sa bouche. Il perçut tout au fond de lui l'envie de s'approcher d'elle, de la serrer dans ses bras pour la rassurer, pour qu'elle arrête de souffrir. Mais en même temps, il sentait dans ses tripes toute son aversion pour sa mère et son besoin viscéral de s'enfuir loin d'elle. Pourtant il n'arrivait pas à bouger, il était pétrifié sur le pas de la porte, incapable de la moindre réaction dans un sens comme dans l'autre. À l'intérieur de lui, des forces antagonistes le tiraient chacune d'un côté, l'empêchant d'agir tant ces deux énergies étaient puissantes.

La lumière clignota dans la pièce et subitement, ce n'était plus sa mère, mais sa sœur qui était allongée dans le lit d'hôpital. En voyant cela, sa mâchoire se crispa, les ongles de ses doigts s'incrustèrent dans ses paumes et il sentit à nouveau la sueur couler le long de son dos. La colère s'immisçait en lui, il avait peur ; pourquoi sa sœur se trouvait-elle une fois de plus à la place de sa mère ? Il sentait qu'un évènement allait se produire et il devait éviter que sa sœur ne fasse des siennes.

Mais d'abord, il devait retrouver son calme, de toute urgence. Il inspira profondément, ferma les yeux et tenta de se détendre. Peu à peu, ses muscles se relâchèrent un à un, laissant enfin ses doigts se décoller, son ventre se dénouer, et son visage se décrispa. Lorsqu'il ouvrit les yeux, la salle de bain se trouvait de nouveau là. Cette vision ne pouvait pas être le fruit du hasard. La superposition de Delhia et de sa mère ne pouvait pas être une coïncidence, cela avait forcément une signification. Il lui restait maintenant à découvrir laquelle.

Une dizaine de minutes plus tard, il sortit de l'hôtel, sans même prendre le temps de manger : il fallait qu'il y retourne.

21

Delhia de son côté avait passé la nuit chez son hôtesse. Elle s'était endormie sur le canapé alors que Stella lui préparait une tasse de tisane. Lorsqu'elle se réveilla, elle ne trouva personne dans la maison. Seul un petit mot sur la table basse lui disait qu'elle pouvait l'attendre si elle le souhaitait, car elle rentrerait en début d'après-midi. Elle hésita un instant, de peur d'abuser de son hospitalité, mais elle avait tellement faim qu'elle oublia très vite sa gêne et alla se préparer un petit déjeuner, qu'elle dévora dans le salon.

Stella possédait un magnifique chat angora, qui se prélassait sur le sol, près de la table à manger. Delhia se sentit attirée par cette grosse boule de poils qui ne demandait qu'à être caressée. Mais au moment où elle approcha sa main, le chat dressa les oreilles, feula comme s'il flairait un danger et s'éloigna. Delhia toucha sa solitude intérieure et le trou béant dans sa poitrine qui lui criait son manque d'amour. Une vague de détresse remonta de son ventre. Elle sentit qu'elle n'allait pas pouvoir refouler toute cette tristesse. Ce n'était qu'un chat, mais il fut la goutte d'eau qui fit déborder le vase de ses émotions.

De grosses larmes perlèrent le long de ses joues. La petite fille en elle pleurait, le cœur enserré dans un étau de solitude.

Au bout de quelques minutes, elle se jugea faible, mièvre. Sa mère ne l'avait pas éduquée ainsi ! Elle avait voulu faire d'elle une femme forte et pleine de convictions, au moins l'égale des hommes, voire supérieure. Elle lui avait toujours dit que pour survivre dans ce monde de brutes, elle ne devait pas se laisser aller à ses émotions, mais qu'il lui fallait apprendre à les refouler et surtout à les contrôler. Contrôler, c'était le mot récurrent de sa mère. Ne rien laisser au hasard, tout garder sous contrôle était la clé de la réussite selon elle. Elle sentait à quel point son éducation pesait sur sa façon d'être et d'agir, la privant de la liberté de vivre les évènements comme ils se présentaient. Bien sûr, cela lui avait parfois permis de se relever plus vite de ses chutes, mais elle n'en tirait pas forcément les leçons, refusant de regarder en face les expériences de la vie pour passer au plus vite à autre chose. D'une certaine façon, elle fuyait la douleur de ces blessures, mais elle fuyait également les possibilités de grandir et d'être moins meurtrie.

Pour sortir de son abattement, elle décida d'aller prendre une douche, cela lui remettrait les idées en place. Elle aimait sentir l'eau couler sur sa peau. Beaucoup d'émotions se diluaient en elle au contact de cet élément, la nettoyant autant à l'extérieur qu'à l'intérieur.

Puis elle chercha un air entraînant sur la radio qui se trouvait au salon, ferma les yeux et se laissa emporter. C'était sa façon à elle de méditer, de faire le vide dans sa tête, d'effacer ses soucis. La musique entra par ses pieds et ses mains, et bientôt tout son corps ondulait au rythme de la mélodie, telle une algue, au fond de l'océan, suivant le courant le plus favorable. Elle se rendait disponible à ce qui se présentait à elle, pour aller là où la vie l'attendait. Après une quinzaine de minutes, elle ouvrit à nouveau les yeux, éteignit la radio ; elle était calme et se sentait prête à l'action.

Rester ici ne lui semblait pas une option, car elle ne voyait pas ce qu'elle pouvait espérer de Stella. Sa chute de la veille ne lui avait laissé que quelques bleus le long de la jambe ainsi que sur l'épaule qui avait dû toucher le sol en premier. C'était sensible, mais pas insupportable. Aussi se décida-t-elle à partir. Elle prit soin d'écrire une petite note sur la table du salon, remerciant Stella pour son accueil et prétextant ne pas vouloir la déranger davantage.

Ensuite, elle fouilla dans les tiroirs du meuble de l'entrée. Très rapidement, elle trouva exactement ce qu'elle cherchait ; les gens étaient très prévisibles. Elle mit les billets dans sa poche et s'apprêta à sortir. Elle aurait au moins de quoi s'acheter à manger et prendre une chambre d'hôtel.

Elle abaissa la poignée, mais la porte resta immobile. Deux fois de suite, elle retenta l'opération. Elle tira la porte plus fort, elle n'était pas grippée. Il ne lui en fallut pas davantage pour comprendre que la porte était fermée à clé.

Il n'y avait aucun loquet à l'intérieur pour la déverrouiller et aucune clé accrochée au mur.

Zut.

Pour la seconde fois, elle entreprit de fouiller les tiroirs de l'entrée : il devait probablement y avoir un double des clés qui lui permettrait de sortir. Mais autant elle avait rapidement repéré l'argent, autant la clé qu'elle cherchait demeurait introuvable.

Elle alla jusqu'à la fenêtre du salon, mais renonça vite à l'idée qui venait de lui passer par la tête : l'appartement était situé trop haut pour espérer descendre de ce côté-là sans risque et il n'y avait aucune issue possible le long de la façade.

Elle se sentit trahie par Stella. Avait-elle fermé la porte à clé sans y penser ? Non, elle savait que Delhia se trouvait chez elle, allongée sur son canapé. Elle n'avait pas pu l'oublier en sortant, ou alors, elle serait revenue en se rendant compte de son erreur ou aurait tenté d'appeler sur le téléphone fixe qu'elle avait vu dans le couloir. Elle l'avait donc enfermée volontairement. Mais pour quelle raison ?

Beaucoup de scénarios fusèrent dans sa tête, plus ou moins réalistes : Stella n'était pas infirmière, mais inspectrice de police. Le fait que Delhia n'ait pas ses papiers avait dû semer le doute dans son esprit et elle était en train de faire des recherches sur son identité, sur la personne qu'elle était réellement. Stella avait-elle découvert les faits de violence qui lui étaient reprochés et allait-on l'interpeller pour avoir quitté Marseille ? Ou imaginait-elle Delhia en fugitive qui avait commis un délit, en immigrée en situation irrégulière qu'elle allait dénoncer et renvoyer dans son pays d'origine, en femme légère à qui elle allait mettre une enquête sur le dos pour travail illégal ? Ou avait-elle supposé que Delhia avait été forcée à se soumettre à des hommes par un réseau clandestin de prostitution à son arrivée en France ? Après tout, le visage de Delhia montrait ses racines indiennes, mais pas le fait qu'elle soit née en France.

À moins qu'elle n'ait eu l'idée de la séquestrer pour l'exploiter. Car la veille au soir, avant de s'endormir sur le canapé, Stella lui avait demandé s'il y avait quelqu'un qu'elle souhaitait prévenir et Delhia lui avait confié que personne ne s'inquiéterait pour elle et qu'elle se sentait très seule. En résumé, elle avait pensé à beaucoup de choses, mais elle était encore bien loin de la réalité.

Pourtant, elle ne pouvait pas s'avouer vaincue : elle finit par se relever et fouilla tous les tiroirs du salon, les pots posés sur les étagères pour y chercher une clé. Elle alla même dans le placard à chaussures, espérant y trouver une boîte contenant des papiers importants et les doubles de clés, comme elle avait pu le voir dans nombre de films. Mais sans succès. Elle était bel et bien enfermée dans cet appartement, sans autre choix que d'attendre le retour de celle qu'elle commençait à considérer comme sa geôlière. Peu à peu, sa tristesse se transforma en colère, puis en haine. Pour la deuxième fois, elle se retrouvait prise au piège.

Elle se mit à tourner dans l'appartement comme un fauve en cage en se demandant quelles étaient ses options pour se sortir de cette situation. Elle pensa appeler à l'aide pour que des voisins l'entendent, mais que feraient-ils si ce n'est contacter la police qu'elle voulait éviter ? Ce n'était donc pas envisageable. Elle refit le tour des tiroirs, des placards du salon, puis revint au meuble de l'entrée. Dans le premier tiroir, un petit post-it jaune attira son attention. Elle le sortit et le lut.
« Square Ledoux, 17 h 30 »
Il ne pouvait pas s'agir d'une coïncidence, le nom du petit parc et l'heure de leur collision notés sur ce papier.
Après avoir tourné cette information dans tous les sens, une lumière s'éclaira dans son esprit : Stella était de mèche avec cet homme qui l'avait enlevée et amenée à Paris. Leur collision faisait certainement partie du plan d'une personne mal intentionnée, qui l'avait éloignée de cet hôtel pour l'attirer vers un lieu plus discret, cet appartement anonyme.
C'était la seule explication plausible !
Ses pensées allaient tellement vite qu'elle commença à avoir mal à la tête. Elle se laissa choir contre le mur du couloir et des larmes silencieuses coulèrent sur ses joues pour la seconde fois de la journée. Elle voulait se réveiller de ce cauchemar.

22

Quand Ishan arriva devant la chambre de sa mère, tout lui parut différent de la dernière fois. La lumière était plus vive, toutes les portes étaient closes et rien ne bougeait dans les couloirs silencieux. L'hôpital semblait endormi.

La porte 213 était elle aussi fermée. Il l'ouvrit sans bruit, comme s'il avait été un voleur, et risqua un coup d'œil à l'intérieur. Ce qu'il vit ne coïncidait pas avec ce qu'il s'attendait à trouver. Une femme en blouse blanche était penchée sur le lit, tenant fermement dans sa main le bras de la malade, prête à lui arracher sa perfusion. Cette infirmière allait tuer sa mère ! Tout dans ce corps frêle et livide allongé dans le lit transpirait la peur. On aurait dit que la Faucheuse se trouvait devant elle. Oui, sa mère savait qu'elle allait mourir.

Lorsque l'infirmière vit Ishan, elle s'arrêta net, la main suspendue dans les airs. Sa mère tourna également la tête dans sa direction, avec une lenteur exagérée, semblant repousser le moment où elle allait croiser le regard de celui qui venait entraver le destin. Et puis, l'instant d'après, comme si rien ne s'était passé, l'infirmière sourit et sortit de la chambre, en murmurant qu'ils avaient sans doute des choses à se dire, en privé.

Ishan avait à nouveau l'impression de rêver, mais cette fois, il s'agissait de la réalité. Tout lui semblait étrange, tout l'inquiétait et le rendait suspicieux. Était-ce en lui que cela clochait ? Non, ce qu'il voyait était réel. Sa mère avait failli être tuée par cette infirmière.

Il se retrouva en tête à tête avec sa mère, incapable d'émettre le moindre son. Elle paraissait revenir d'entre les morts ; son heure n'avait pas encore sonné.

Ishan s'approcha du lit. Elle avait les yeux dans le vague. Elle aurait tout aussi bien pu regarder une tache sur le mur ou une araignée, tout semblait à cet instant plus intéressant que la présence de son fils.

Quelques interminables secondes passèrent dans un silence de mort. Ishan respira profondément, rassembla une grande dose de courage pour surmonter le souvenir de son dernier passage à son chevet et finit par prendre la parole :

— Maman…

Elle tourna la tête vers lui, lentement. Elle avait les traits tirés, les yeux tristes et le regard éteint. Il se demanda si elle était embrumée par les médicaments ou si elle se tenait aux portes de la mort.

— Je suis content que tu sois encore en vie.
— Que fais-tu ici ? Personne ne sait que je suis là.
— Et pourtant…
— Comment as-tu su ?
— C'est Mary qui m'a mis sur ta trace.
— Mary ? Alors, c'était bien toi, je n'avais pas rêvé…
— Pas rêvé de quoi ?

Comme si elle ne l'avait pas entendu, elle continua :

— Après tout ce temps, voilà que nous nous retrouvons en face l'un de l'autre. Comme au Jugement dernier.

Étrangement, elle ne semblait ni agressive ni en colère, mais plutôt calme, presque trop selon Ishan. Il s'attendait à rencontrer un animal plein de haine et finalement, c'était un être humain qui lui faisait face. Il n'émanait pas d'elle la chaleur qu'il aurait pu espérer, mais elle lui parlait et c'était pour lui un pas de géant.

— Tu vas bientôt mourir, n'est-ce pas ?
Elle ne répondit pas. Ses yeux retournèrent fixer le point du plafond, comme si la sortie était juste ici, tracée par la fissure à peine visible qui zébrait la peinture jusqu'à l'angle de la pièce.

Le cœur lourd, les mains moites, Ishan eut soudain très chaud. Sa mère se trouvait là, devant lui et il pressentait que cela ne durerait pas, que la vie ne lui laisserait pas beaucoup de temps pour une réconciliation. Hésiter n'était plus une option : tout devait se jouer maintenant.

Il se risqua à lui prendre la main, mais à peine eut-il effleuré sa peau qu'elle la retira vivement, comme si elle avait reçu une décharge électrique. À quoi s'attendait-il ? Son cœur d'enfant fut blessé par ce geste, cet enfant qui, malgré l'armure qu'il s'était fabriquée pour survivre, espérait retrouver l'amour de sa mère, au moins une fois, se sentir accepté et accueilli. Il ne pouvait pas abandonner.

— Maman, je sais que les choses ont été assez compliquées entre nous ces dernières années, mais j'ai besoin que nous fassions la paix tous les deux.

Sa mère ne répondit pas. Il n'arrivait à rien lire en elle, ni encouragement ni réprobation. Juste le vide. Dans l'espoir de faire pencher la balance, il continua :

— Maman, regarde-moi, s'il te plaît.

En disant cela, sa voix prit une tonalité douce, presque suppliante, jamais il n'aurait cru réussir à laisser de côté sa haine. C'était une petite victoire sur la vie, sur sa vie.

Elle tourna son regard vers lui et l'observa quelques instants en silence. Puis elle parla enfin :

— Tu n'imagines pas combien cela me coûte encore aujourd'hui de te voir ainsi devant moi. Je ne sais même plus qui tu es.

— Je n'ai pas changé, Maman, je suis toujours le même.
— Oh non, tu n'es plus le même, regarde ce que tu es devenu.
— Tout le monde change, Maman, pour toi aussi les années sont passées ; les années et la maladie.
— Arrête, tu sais très bien de quoi je veux parler. Ne joue pas l'innocent. Si tu veux que nous fassions la paix, tu devrais commencer par la faire avec toi-même.
— Parce que toi, tu n'as rien à te reprocher peut-être ?

Il aurait aimé ravaler sa phrase, elle résonnait dans les airs tel un appel à la guerre. Mais c'était dit. Il tenta de rattraper le coup, mais il sentit que sa mère se refermait.

— Pardon, je n'aurais pas dû te dire cela. Je ne suis pas très adroit. J'ai parcouru des milliers de kilomètres à te chercher et je te retrouve dans un lit d'hôpital, avec un cancer qui te ronge de l'intérieur. Je n'ai pas envie de te voir mourir. Malgré nos différends et ma mémoire défaillante, je sens que tu as toujours une place dans mon cœur d'enfant. Il y a tant de choses qui me manquent du fait de ton absence. J'ai perdu presque tous mes souvenirs, même si certains reviennent par bribes avec le temps qui passe. J'ai vécu la solitude et la peur. Et toi, tu n'étais pas là pour moi, comme si je n'avais jamais existé, comme si je n'avais jamais compté pour toi.

Encore une fois, il avait laissé ses élans et ses mots le dépasser. Il se mordit les lèvres et tenta de reprendre, mais sa mère le coupa net.

— Et tu penses que je n'ai pas souffert lorsque tu as commis cet acte odieux ? La ville entière ne parlait que de cela et de cette mère qui n'avait pas su élever correctement son enfant.
— Comment peux-tu dire une chose pareille ? Crois-tu que moi non plus je n'ai pas payé le prix fort avec cette maison qui a brûlé, puis avec Delhia que j'ai perdue ?

— Que tu as perdue ? Pourquoi ne pas employer le bon terme : que tu as tuée !

— Non, ce n'est pas vrai, je ne l'ai pas tuée !

— Ne jouons pas avec les mots ! Delhia a disparu par ta faute. Tu es un monstre.

Ishan avait une boule énorme qui venait de remonter dans sa gorge et ses mains étaient moites. Il avait espéré qu'avec le temps, elle se serait un peu adoucie, mais rien n'avait changé, rien du tout. Derrière les apparences qu'ils avaient tous les deux tenté de conserver, les vieilles rancœurs étaient toujours aussi vives et la colère de sa mère n'avait rien perdu de son mordant.

— Je ne suis pas un monstre, ce n'est pas moi qui ai brûlé la maison ! Demande à Papa si toi non plus tu ne te souviens pas de ce qui s'est passé !

— Ne change pas de sujet, tu sais parfaitement de quoi je parle. Ce que tu as fait, aucune mère ne pourrait le pardonner à son enfant !

— Parce que toi, ce que tu as fait, tu crois que c'est pardonnable ? Que c'est mieux d'abandonner son enfant ? Toi aussi, tu es un monstre !

À ce moment-là, une ombre passa sur le visage de sa mère.

— Que… ?

— Et puis, dis-moi, qu'est-il arrivé à ma naissance ? Qu'est-ce que tu as fait que tu n'as avoué à Papa que bien plus tard ?

— Ton père… Il ferait mieux d'être mort plutôt que d'oser dire de telles bêtises ! Cela ne te regarde pas.

— Bien sûr que si, cela me regarde ! Que s'est-il passé, avec moi ? Avec ma sœur ?

— Avec toi, rien ! Il ne s'est rien passé avec toi. Tu n'es pas mon fils, tu n'existes pas pour moi. J'aimais Delhia, mais toi, tu as tout gâché…

Ishan sentit une tristesse immense le submerger. Mais il ne voulait pas donner ce plaisir à celle qu'il avait toujours cru être sa mère. En un instant, un flot de haine se déversa dans sa poitrine, remplaçant l'océan de douleur par un feu dévorant et il se mit à secouer violemment sa mère sur son lit. Elle était si faible qu'elle remuait comme un ballot de linge que l'on évente.
— Vas-y, tue-moi, tue-moi comme tu as tué Delhia !
— Noooonn, arrête !
C'en était trop pour Ishan qui s'écroula sur le côté du lit. Il se sentait dévasté. D'une voix vacillante, sa mère reprit :
— Je comprends mieux maintenant pourquoi tu me cherchais, ce n'était pas pour me retrouver, mais pour m'accuser, pour que ce soit moi la méchante ! Mais tout ce que j'ai fait, je l'ai fait par amour. J'ai toujours voulu le meilleur pour mes enfants, même si mes décisions ont pu paraître contestables. Mais tu es incapable de comprendre cela. Tu es trop autocentré, trop fier de ta petite personne, de ton pouvoir sur toi-même et sur le monde pour écouter ceux qui t'entourent et que tu détruis jour après jour. Alors maintenant, sors de cette chambre ou j'appelle l'infirmière !
— Pour qu'elle vienne achever le travail qu'elle avait commencé ?
— Elle, au moins, elle se soucie de moi.
— Laisse-la te tuer si c'est ce que tu souhaites !
— Sors d'ici, je ne veux plus entendre un mot de tes idioties. Disparais !

Ishan savait qu'il devait partir, mais il n'arrivait pas à sortir de la chambre. Ses pieds ne lui répondaient pas, comme si un détail essentiel était en train de lui échapper. Sa mère avança sa main et appuya sur le bouton rouge d'appel. Le bip qu'il déclencha sortit Ishan de sa torpeur et il se retrouva d'un bond dans le couloir.

L'infirmière se tenait face à lui, l'air un peu triste.

— On dirait que vous avez laissé passer l'occasion de vous réconcilier ; j'en suis désolée pour vous.

— Pardon ?

— C'est votre mère, non ? Elle est en phase terminale, il ne lui reste plus que quelques jours à vivre, tout au plus.

— Forcément, avec vos méthodes, dans quelques minutes, elle sera morte.

— Comment osez-vous proférer de telles accusations ? Nous veillons au mieux sur elle.

— Bien sûr, parce que vous croyez que je n'ai rien vu tout à l'heure en entrant dans la chambre ? Je pourrais vous dénoncer !

— Pour lui administrer un antidouleur dans sa perfusion ? Essayez, mais je doute que vous ayez grand résultat !

Une fois de plus, Ishan resta sans voix. Il avait perçu la scène avec une telle certitude ; comment pouvait-il en être autrement ? Mais à présent l'infirmière avait l'air si sereine et sincère qu'il ne savait plus quoi penser. Ses perceptions lui joueraient-elles des tours ? À moins que ce ne soit cette infirmière qui ait tenté de le tromper pour se protéger. Dans le doute, il préféra battre en retraite : de toute façon, il ne détenait aucune preuve, c'était sa parole contre celle de cette femme.

Avant de partir, il regarda le badge de l'infirmière. Il murmura son prénom pour lui-même, pour s'en souvenir : Stella.

Une fois que l'hôpital se trouva hors de sa vue, Ishan sortit son carnet, et le contact du cuir de sa couverture entre ses doigts le calma. Il s'assit contre une bordure de fleurs le long du trottoir et l'ouvrit à la dernière page noircie. Il y inscrivit le nom de Stella, griffonna grossièrement les traits de son visage comme s'il craignait de les oublier, puis y ajouta celui de sa mère, avec un énorme point d'interrogation qu'il passa et repassa jusqu'à ce que la pointe de son crayon traverse la feuille.

23

Lorsque Stella rentra chez elle, elle trouva Delhia les yeux gonflés et rougis, mais elle fit comme si elle n'avait rien remarqué.
— Bonjour, Delhia, tu as bien dormi ?
— Pourquoi m'as-tu enfermée chez toi ? lui demanda Delhia avec un regard noir.
— Oh pardon, l'habitude de vivre seule, je crois, je suis vraiment désolée.
Delhia perçut le malaise de Stella et prit cela pour un aveu de son étourderie. Sa colère retomba quelque peu. Tout lui était passé par la tête en attendant son retour. Mais pas une seconde elle n'avait cru que Stella aurait pu l'enfermer involontairement.
— Excuse-moi, j'ai vraiment pensé que…
— Ne t'en fais pas, je comprends. Veux-tu une tasse de thé ? Est-ce que ta tête va mieux aujourd'hui ?
Delhia sentait qu'elle devait se faire pardonner sa rudesse et accepta, alors qu'elle aurait préféré partir.

Après quelques gestes familiers, le thé infusait. Delhia et Stella s'installèrent dans le salon, sans que beaucoup de mots aient été prononcés. Il régnait un malaise latent que le silence rendait plus dense.

— Delhia, je suis désolée, je ne me suis pas montrée franche avec toi tout à l'heure. Ce matin, en voyant ton état, j'ai refermé volontairement la porte à clé derrière moi. J'ai pensé qu'il était préférable que tu ne sortes pas ainsi, que tu ne partes pas sans savoir.

— Sans savoir quoi ?
— Je craignais que tu ne sois pas consciente de ce qu'il t'arrive et j'estimais plus sage que tu le découvres avec moi.
— Que veux-tu dire ? Je ne comprends rien.
— Delhia, t'es-tu regardée dans une glace dernièrement ?
— Oui, bien sûr, l'autre soir avant de sortir, pourquoi cette question ? Tu commences à me faire peur.
— Et depuis ce matin ?
— Non, je ne crois pas, mais si tu veux parler de mes yeux rouges...
— Non, cela n'a rien à voir. Suis-moi.

Delhia, inquiète et irritée par les questions obscures de Stella, la suivit vers la salle de bain. Avait-elle le choix ? Stella alluma la lampe au-dessus du miroir et la laissa entrer.

Delhia se demandait quel jeu elle jouait, mais percevait confusément qu'il allait se produire quelque chose qui ne lui plairait pas. Elle n'avait aucune idée de ce dont il s'agissait, mais son pressentiment ne pouvait lui mentir. Elle ferma les yeux un instant et respira profondément pour calmer son cœur qui battait la chamade. Il régnait dans l'atmosphère quelque chose d'étrange, de presque de surnaturel, comme si elle était entrée dans un film de Walt Disney, ou dans un rêve où la réalité prenait une teinte un peu différente. Face au miroir, ses yeux s'écarquillèrent. Son regard allait et venait d'un angle à l'autre, sans comprendre, incrédule : elle ne voyait qu'une pièce vide. Ses yeux se remplirent de larmes. Elle s'accrocha au rebord du lavabo.

— Stella, que m'arrive-t-il ? Comment est-ce possible ?
— Je dois t'avouer que je ne sais pas, mais je te promets que nous chercherons ensemble, si tu es d'accord et si tu as confiance en moi.
— Suis-je en train de mourir ? Suis-je malade ? Folle ?

— Je ne sais pas, Delhia, mais je peux t'aider à trouver des réponses. Viens, nous allons redescendre au salon pour que je puisse en savoir un peu plus sur toi. Et en attendant que tout rentre dans l'ordre, tu peux rester chez moi.
— Merci, Stella. Je... Je ne sais pas quoi dire...
— Viens, lui souffla-t-elle en lui tendant la main pour l'accompagner vers le salon.

Delhia raconta à Stella l'incendie de la maison de ses parents, la disparition étrange de sa sœur, ses tentatives pour la retrouver ; plus récemment, son envie de reprendre les recherches, son enlèvement quelques jours plus tôt, l'hôtel, cet homme qu'elle n'avait pas vu dans la chambre jusqu'aux circonstances de leur rencontre brutale dans le parc.
— Te souviens-tu avoir parlé à quelqu'un ces derniers jours ?
— À part toi, il y a eu le réceptionniste de l'hôtel, pourquoi ?
— Pour essayer de comprendre depuis combien de temps tu es ainsi. D'ailleurs, il faudrait tenter un test pour en avoir la certitude. Viens, nous allons sortir quelques instants pour acheter à manger pour ce soir et au moins nous serons fixées.
— Fixées sur quoi ?
— Si je suis la seule qui puisse te voir.

24

Ishan sentait un malaise grandissant dans son corps. Sa mère lui avait parlé comme aucun parent ne devrait jamais s'adresser à son enfant. Il devinait également qu'un détail important lui échappait. Il avait forcément dû se passer quelque chose au moment de sa naissance pour expliquer les propos de son père et cette haine que sa mère lui vouait. Il referma son carnet la tête remplie de questionnements.

Arrivé à l'hôtel, il lança des recherches sur l'hôpital de Lyon dans lequel il était né, et par d'habiles manœuvres, il réussit à trouver le registre des naissances de son année.
Il trouva le nom de ses parents, de sa sœur Delhia, puis… rien. Il n'y avait aucune trace de lui, comme s'il n'avait jamais existé ! Sa mère le détestait-elle au point d'avoir réussi à falsifier le registre afin de le faire disparaître officiellement de la surface de la terre ? Connaissant un peu le domaine, il savait que c'était très compliqué d'y parvenir, voire impossible. Il y avait forcément une autre explication.

S'il avait été adopté, cela justifierait le fait qu'il avait toujours eu l'impression que sa mère préférait Delhia, qu'elle ne l'avait jamais vraiment aimé ni accepté comme son fils, et renié lors de l'incendie. Cela expliquerait tellement de choses si Delhia n'était pas sa vraie sœur. D'autant que sa mère lui avait dit qu'il n'était pas son enfant. Le lui avait-elle exprimé dans un accès de colère pour le blesser, mais tout simplement parce que c'était la réalité… Une fois de plus, sa vie et ses certitudes volaient en éclats.

Lorsque l'infirmière s'était adressée à lui, elle avait supposé qu'il était son fils. Sa mère semblant apprécier cette infirmière, il n'était pas impossible qu'elle se soit confiée à elle. Elle en savait peut-être plus qu'elle ne le laissait paraître.

Il décida qu'il irait creuser de ce côté-là.

25

— Parce que tu penses réellement que les autres ne peuvent pas me voir ?

— C'est ce que je crains. Quand je te regarde, je te perçois différemment, comme si tu avais moins de densité, et que la lumière passait un peu à travers ton corps. C'est pour cette raison que je t'ai enfermée ce matin, pour que tu ne te retrouves pas toute seule dans la rue dans ton état.

— Mais pourquoi est-ce que toi, tu pourrais me voir alors que les autres ne le pourraient pas ? Cela n'a aucun sens.

— Depuis toute petite, je vois des choses que les autres ne perçoivent pas, je ressens ce qui m'entoure différemment. Cela n'a pas toujours été simple à gérer pour moi, mais j'ai appris à faire avec et à en tirer le meilleur. Et c'est en partie pour cela que je suis devenue infirmière, pour aider les gens à ma façon. Viens, sortons !

La rue était déserte quand elles franchirent le seuil de la porte. Un flot de questions se bousculaient dans la tête de Delhia, et en même temps, elle se sentait un peu intimidée. Qui était cette femme qui disait détenir d'étranges pouvoirs ?

À l'épicerie, Stella salua le caissier qui lui répondit d'un signe de tête. Une salade, une pizza et de la glace, voilà ce que Delhia avait envie de manger. En arrivant à la caisse, Delhia passa la première, mais l'homme ne réagit pas quand elle lui dit bonjour. Stella lui présenta les articles et il leva les yeux. Pas un instant il ne fixa Delhia. Pour lui, elle n'existait pas.

De retour chez Stella, Delhia se transforma en moulin à questions. Elle voulait savoir, comprendre, redevenir comme avant, et en apprendre plus sur les pouvoirs de Stella.

— Juste avant de te rencontrer, j'ai parlé avec une jeune femme dans la rue. C'est donc forcément arrivé après. Et si notre accident était la cause de tout cela ? Un traumatisme crânien qui tourne mal ?

— Je ne sais pas encore te répondre. Mais je te promets de tenter d'en apprendre plus ce soir.

— À cette heure-ci ? Tu connais quelqu'un qui pourrait venir m'examiner ?

— Non, pas vraiment. Ce dont je vais te parler va peut-être te sembler étrange. Moi aussi je vis des phénomènes inexplicables. La nuit, lorsque je dors, c'est comme si une part de moi restait éveillée et pouvait aller ailleurs, voir un lieu ou quelqu'un, chercher une réponse à une question. L'information n'est pas forcément aussi limpide que je le souhaiterais, mais elle se trouve toujours partiellement dans les détails que je rapporte ; à condition de me donner la peine de décrypter l'énigme.

— Tu veux dire que tu pourrais découvrir ce qui m'arrive et comment y remédier ?

— Oui, ou au moins avoir des indices.

— Et comment t'y prends-tu ?

— Je ne sais pas exactement. Je pense simplement très profondément à ce que je souhaite avant de me coucher et à mon réveil, j'ai des images, des mots ou des sensations. Parfois, j'ai le souvenir de l'endroit où je suis allée, de ce que j'ai vu. Le plus étrange dans tout cela, c'est que je ne contrôle presque rien. Je suis attirée par une force qui m'entraîne là où je dois me rendre. Il m'est également arrivé de me faire embarquer dans ce type de voyage sans avoir rien demandé. Et dans ces cas-là, cela m'apportait des informations pour moi-même, ou pour des personnes qui m'étaient proches. Je sentais ensuite que c'était essentiel que je transforme ce que j'avais vu en actions, en mots, en énergie. Un peu comme si je me souvenais d'un rêve et que je devais le décrypter.

Delhia l'écoutait avec une grande attention. Elle se disait qu'elle aimerait détenir ce pouvoir pour rendre sa vie extraordinaire !

— Alors tu es une sorte de super héroïne qui sauve le monde ! Une superwoman des temps modernes !

Stella sourit malgré elle. La remarque l'amusait, mais en même temps, elle avait l'impression que Delhia ne la prenait pas au sérieux et se moquait d'elle.

— Non, Delhia, cela n'a rien à voir. D'ailleurs, je n'aurais peut-être pas dû t'en parler. J'imaginais que dans ta situation, tu pourrais comprendre, sans tourner cela en dérision.

— Oh, pardon, Stella, ce n'est pas du tout le cas ! Même si je dois bien avouer que cela ressemble un peu à un film de science-fiction, je pense que ce n'est pas plus invraisemblable que ce qui m'arrive.

— J'ai effectué des recherches et cela se rapproche des sorties astrales d'individus dans le coma ou qui ont frôlé la mort de très près.

— Des sorties astrales ?

— Oui, après un coma, certaines personnes ont relaté les faits exacts qui s'étaient produits autour d'elles et parfois même dans un autre endroit, alors qu'elles se trouvaient totalement immobiles et inconscientes dans leur lit. Ces personnes racontent qu'elles se sentaient flotter dans la pièce, en voyant leur corps en dessous. D'après les recherches scientifiques qui ont été menées à ce sujet, il semblerait que les ondes de leur cerveau soient altérées et qu'une partie d'elles-mêmes puisse se détacher de leur corps physique.

— Tu veux dire que leur âme sort de leur corps sans qu'ils soient morts ?

— Oui, en quelque sorte, ou une forme de conscience modifiée, qui peut exister en dehors de leur réalité corporelle.

— Et tu penses que c'est ce qui t'arrive ?

— Mis à part le fait que je ne suis pas dans le coma, à mon avis, cela y ressemble. Lorsque j'étais petite, je suis restée assez longtemps à l'hôpital pour des problèmes de santé. J'ai dû subir plusieurs opérations et mes parents m'ont raconté que j'étais passée à deux doigts de la mort.

Elle lui montra une grande cicatrice dans ses cheveux pour appuyer son propos et poursuivit.

— Ma mère me disait que je tenais mon teint blanc laiteux de cette période, que jamais ma peau n'avait réussi à reprendre de la couleur, comme si j'avais gardé une empreinte de la mort dans mon corps. J'ai longtemps pensé que cet évènement m'avait ouvert une porte sur le monde invisible dont j'aurais conservé le double des clés. Mais maintenant je suis intimement persuadée que n'importe qui peut le faire et que les gens n'ont simplement pas conscience qu'il y a une infinité de possibles à explorer en eux. C'est comme si leur vie ressemblait à une grande pièce avec des portes fermées et qu'ils ne savaient pas qu'il leur suffisait de prendre la clé dans leur poche pour les déverrouiller et découvrir des espaces inconnus. Mais ce n'est certainement pas de la magie ni réservé à une élite.

— Et pour moi, crois-tu que cela puisse être quelque chose de cet ordre ?

— Je ne pense pas que ce soit tout à fait pareil. Même s'il me semble évident qu'une partie de toi n'est pas totalement présente telle que tu te trouves là devant moi.

Delhia blêmit.

— Stella, je ne suis pas devenue un fantôme tout de même ? Je ne suis pas morte ? Ou dans le coma quelque part ?

Elle imaginait son corps abandonné dans le parc non loin du lieu de leur collision, pendant que son âme errait ici, dans un entre-deux, entre la vie et la mort.

— Non, c'est impossible, je t'ai vue tomber et je t'ai ramenée chez moi. Il y a forcément une autre explication, mais je ne sais pas laquelle. D'ailleurs, je dois te confesser autre chose. Ton visage m'est apparu trois nuits de suite avant notre accident. Je pressentais que tu allais rentrer dans ma vie d'une façon ou d'une autre. Par contre, je ne pensais pas que notre rencontre allait être aussi renversante !

Delhia sourit.

— Tu avoues que notre collision n'était pas tout à fait due au hasard, alors !

— Une chose est certaine, c'est que nous devions nous rencontrer ; cela ne pouvait pas se passer autrement.

— Mais comment as-tu su que j'allais traverser le parc à cet instant précis ? Et le post-it, quand l'as-tu écrit ?

— Le matin même, en me réveillant. J'ai reçu ces informations durant la nuit et je me suis empressée de les noter. Mais je ne me doutais pas que j'allais te renverser avec mon vélo.

— Et est-ce que tu sais ce que nous devons faire ensemble ?

— Non, je l'ignore. Dans ma vision précédente, j'avais trouvé une boîte de jeux pour enfants. Dedans, il y avait un puzzle sur lequel tu étais imprimée. Même si des parties de ton visage et de ton corps étaient absentes, je suis certaine qu'il s'agissait de toi. Et il y avait une autre personne à tes côtés, mais il manquait presque toutes les pièces.

— Est-ce que cela pourrait-être ma sœur ?

— Cela pouvait être un homme comme une femme, je n'ai pas pu savoir. Mais ce que je sens, c'est que je me trouve sur ton chemin pour t'aider à reconstruire le puzzle.
— Et à retrouver ma sœur !
Une grande bouffée d'espoir envahir le cœur de Delhia. Elle en aurait presque oublié ce qui lui arrivait, presque.
— Par contre pour l'instant, il est temps de manger, allez, viens !

Ce que Stella se garda de lui raconter, c'est qu'elle s'était également vue sur le puzzle, en tout petit, comme une ombre menaçante, au-dessus de Delhia, une clé à demi cachée sous le pied.

Elles préparèrent la table, firent cuire la pizza et s'installèrent pour manger. Il commençait à être tard.
Alors qu'elles finissaient le pot de glace avec une délectation enfantine, elles entendirent la sonnette de l'entrée retentir.
— C'est sans doute mon voisin, je reviens.
Stella alla ouvrir.
— Bonjour, Stella !
— Bonjour, François.
Delhia observait depuis le salon le beau jeune homme qui se tenait dans l'encadrement de la porte. Si par hasard ce n'était pas l'amoureux de Stella, elle serait ravie de faire un brin de causette avec lui, voire plus si affinités ! Décidément, le naturel revenait au galop ! Mais zut, comment lui parler s'il ne pouvait pas la voir ni l'entendre ?
— Stella, je venais simplement pour te dire que le gars bizarre de ce matin était encore passé à l'hôpital cet après-midi après ton départ. Il a demandé après toi cette fois-ci, alors histoire d'avoir la paix, je lui ai fait croire que tu avais pris

quelques jours de congés. Car si tu veux mon avis, il n'a pas l'air très net.
— Et il a dit autre chose ?
— Non, qu'il repasserait.
Après un instant de silence, il lui confia d'une voix plus basse après avoir regardé de chaque côté dans le couloir :
— Encore un détail, Stella. Nous en avons déjà parlé ensemble et tu sais que je t'ai toujours couverte parce que je te considère comme une sœur, mais tu devrais faire plus attention. Si quelqu'un d'autre que moi avait retrouvé ça dans ta blouse, je pense que tu pourrais avoir de sérieux problèmes.
Stella blêmit et lui arracha ce qu'il avait sorti de sa poche pour le cacher dans la sienne.
— François, merci, merci beaucoup, mais le moment est mal choisi, je suis fatiguée et je...
— Qu'est-ce qui se passe, je te dérange ?
En disant cela, il balaya la pièce du regard par-dessus son épaule.
— Non, c'est juste que...
— Oh excuse-moi, je n'avais pas remarqué que tu avais de la compagnie ce soir ! Qui est-ce ? lui lança-t-il avec un clin d'œil.
Stella resta interdite. Comment se faisait-il que François puisse la voir ? Cela n'avait pas de sens. Et pourtant, en regardant Delhia, elle eut l'impression qu'elle avait repris de la consistance, qu'elle était moins diaphane. Tentant de retrouver un peu de contenance, Stella balbutia :
— C'est juste une amie de passage.
À voix basse, il ajouta :
— Juste une amie, qui est plutôt jolie ! Tu nous présentes ?
— Écoute, François, il est tard, une autre fois peut-être, d'accord ?

— Allez, Stella, cinq petites minutes, tu me dois bien ça, non ? lui dit-il en jetant un coup d'œil sur sa poche.
Stella grimaça. Elle se demanda une fraction de seconde ce qu'il ferait si elle refusait de le laisser entrer. Non, bien sûr, il était incapable de la trahir. Mais la culpabilité l'emporta.
— Viens. Je te présente Delhia. Delhia, je te présente François, un collègue de travail, un voisin et ami.
— Eh bien, quel titre à rallonge ! Si tu veux être exhaustive, tu peux aussi ajouter : confident, grand frère, protecteur et célibataire !
Décidément, il n'en manquait jamais une ! Stella sourit malgré elle, elle le connaissait si bien ! Delhia tout à fait à son aise face à ses méthodes assez directes, lui répondit du tac au tac :
— Enchantée, François, moi je m'appelle Delhia, célibataire également et ravie de te rencontrer. Tu fais quoi ces prochaines heures ?

Stella eut tout à coup l'impression d'être de trop. Ces deux-là étaient faits pour s'entendre, enfin, à condition que François puisse continuer à la voir.

Il s'installa et Stella lui servit un verre. La discussion fut joyeuse et animée. Rien ne transparaissait de tout ce qui venait de se passer, comme si une brèche dans l'espace-temps s'était ouverte et avait englouti les peurs, les erreurs et les questions sans réponse. Ils parlèrent de tout et de rien avec beaucoup de légèreté.
Le regard de François trahissait une attirance sans équivoque pour Delhia. Pétillant et vif, il allait et venait de ses yeux à sa bouche, de son décolleté à ses jambes, c'est à peine s'il prêtait attention à Stella, même lorsqu'elle s'adressait à lui. Il n'était

pourtant pas mal élevé, mais c'était comme s'il ne voulait pas en perdre une miette. Peut-être sentait-il qu'elle était éphémère et qu'elle pouvait disparaître à tout instant...

Delhia semblait tout autant sous le charme. Elle avait un immense sourire collé à ses lèvres, et ses doigts trituraient tour à tour son verre, une mèche de cheveux, ou se posaient devant sa bouche, tentant de dissimuler sa faim d'amour et d'attention nourrie par la simple présence de ce beau jeune homme. Elle le sentait comme une promesse, un signe de la vie pour lui redonner espoir, pour lui faire comprendre que tout restait possible et qu'elle avait peut-être encore droit au bonheur. Même si elle savait qu'elle ne le ferait pas, elle avait envie de se lever et de danser avec lui, de lier son corps avec le sien, de fusionner leurs énergies.

Cependant, assez rapidement, Stella prétexta qu'il était tard et qu'elles avaient à faire avant de se coucher. Elle promit à François qu'il serait à nouveau le bienvenu très bientôt et elle le poussa jusqu'à la sortie.

— Bonne nuit, Delhia.

Delhia lui répondit par un large sourire et la porte se referma sur lui.

— Eh bien, quelle rencontre ! Il m'aurait presque fait oublier que je n'existe pas vraiment.

— On dirait que tu en pinces déjà pour lui.

— Oh non, pas vraiment, répliqua Delhia en souriant.

— Arrête de faire ton innocente, cela transpirait de vous deux. Et j'en suis très contente, François a besoin de se sentir aimé, car derrière ses allures de tombeur, il n'a pas tellement confiance en lui. Et je peux te dire que tu lui as fait une forte impression.

— Vraiment ? Oh, je suis désolée, je ne pensais pas... Je ne voulais pas lui donner de faux espoirs.
— Pourquoi, parce que tu es parfois un fantôme ?
— Non, parce qu'il ne m'intéresse pas vraiment. Enfin, je veux dire, il est beau garçon, il est agréable, mais je n'ai pas pour habitude de m'attacher aux hommes.
— Que veux-tu dire ?
— Que je ne m'investis pas dans les relations.
— Tu insinues que tu joues avec eux ? Je te rappelle que François est mon ami.

Delhia était un peu mal à l'aise maintenant.

— Pardon, je ne pensais pas à mal. Je n'ai même pas réfléchi aux conséquences, c'est tellement naturel chez moi.
— De quoi parles-tu ? Du fait de ne pas respecter les autres ?
— Non, ce n'est pas cela, c'est juste que ma relation aux hommes n'est pas liée à mes sentiments.

Elle lui en confiait peut-être trop. Mais l'alcool lui déliait la langue malgré elle.

— Est-ce que tu tentes de me laisser entendre que tu...

Delhia hésita devant le regard réprobateur de Stella. Delhia n'avait pas honte de ce qu'elle faisait, mais jamais elle n'en avait parlé aussi ouvertement à quelqu'un.

— Que je quoi ? Que je me fais payer ? Eh bien, oui.

Stella n'était pas sûre d'avoir envie de tout savoir finalement, mais Delhia était lancée et elle continua.

— Je les incite à m'offrir un verre, ou à prendre une bouteille de champagne s'ils veulent rester un peu plus longtemps avec moi. Et je fais en sorte qu'ils se sentent importants, beaux, uniques, aimés.

Delhia ne dit rien de plus, mais son regard la trahissait. Stella craignait de comprendre.

— Et tu...

— Couches avec eux ? Non, au club, c'est interdit, ils peuvent avoir les mains baladeuses, mais sans trop se faire remarquer, sinon le patron les met dehors ; il y a des règles à respecter, des limites à ne pas franchir, même si tous les recoins du club ne sont pas surveillés...
— Et avec François, ce n'était qu'un client pour toi ?
— Pardon, Stella, je suis désolée, c'est venu tout seul, je te promets, je ne cherchais pas à mal, et j'avais tellement besoin de me sentir encore vivante et désirée. Oh décidément, je fais tout de travers dans ma vie...

L'alcool et la fatigue eurent raison d'elle, elle éclata de nouveau en sanglots. Stella était très ambivalente face à ce qu'elle découvrait de Delhia. Mais son côté sauveur reprit le dessus. Elle mit une main sur son épaule.

— Ce n'est pas grave, nous verrons comment réparer tout cela demain. Mais cela ne va pas nous faciliter la vie. François ne lâchera pas si aisément le morceau. J'espère qu'il se fera une raison plus rapidement qu'avec moi.
— Parce que lui et toi, vous... ?
— C'est sans intérêt, il est adorable, mais nous n'étions pas faits pour être ensemble.
— Oh, je suis désolée, je ne savais pas, pardon.

Et Delhia se remit à pleurer de plus belle. Stella se rapprocha davantage d'elle et la prit dans ses bras. Il y avait quelque chose de doux et naturel à la consoler, à lui apporter du réconfort. Delhia s'abandonna contre elle. Pour la première fois depuis longtemps, elle se sentait accueillie. Elle donna libre cours à ses larmes, laissant s'écouler hors d'elle tout ce flot de solitude et de désespoir qu'elle gardait en elle depuis des années. C'était douloureux et libérateur à la fois.

Stella l'accueillait en toute simplicité. Elle caressa ses cheveux, ils étaient soyeux. Elle lui enleva une mèche bouclée qui lui tombait devant le nez et la fit passer derrière son oreille. Elle éprouvait une grande tendresse pour Delhia, alors qu'elle la connaissait à peine. Elle sentait une connexion de cœur à cœur, d'âme à âme.

Delhia releva la tête et croisa son regard empreint d'une douceur infinie. Elle savourait cette intimité qui naissait entre elles deux. La main de Delhia caressa délicatement la joue de Stella, ses doigts effleurèrent ses lèvres, chaudes et douces, elle aurait cru toucher un pétale de rose. Un frisson parcourut tout le corps de Delhia. Elle rapprocha son visage de celui de Stella, mais cette dernière se détourna subitement et se leva.

— Il est tard, une longue nuit m'attend.

— Pardon, Stella, je n'aurais pas dû…

— Nous reparlerons de François demain, d'ici là, je te conseille de dormir un peu. Bonne nuit.

— Bonne nuit, Stella. Je ne parlais pas de François…

Mais Stella était déjà sortie du salon.

En s'allongeant sur le lit improvisé que Stella lui avait préparé dans le petit bureau, Delhia se demanda quel nouveau tour étrange allait prendre sa vie. Elle sentit un gargouillis désagréable au fond de son ventre, comme si elle allait découvrir des choses qu'elle préférerait ne pas savoir. Mais l'heure n'était plus à écouter ses peurs. Elle n'avait plus le choix, elle devait aller de l'avant, pour ne pas disparaître pour de bon.

Malgré ses bonnes résolutions, les lèvres de Stella continuèrent de la hanter, ainsi que François, qui ne la laissait pas si indifférente qu'elle eût voulu le faire paraître.

26

Ce que François ne savait pas, c'est que Ishan avait réussi à obtenir le nom de famille de Stella à l'accueil de l'hôpital. Il avait trouvé très facilement son adresse et avait décidé de se rendre directement chez elle. Malheureusement pour lui, lorsqu'il était arrivé devant la porte de l'appartement, personne n'avait répondu. C'était le moment exact où les deux femmes étaient sorties à l'épicerie voisine.

Qu'à cela ne tienne, il reviendrait le jour d'après ; il était trop faible pour continuer ce soir, il devait se chercher à manger et aller se reposer. Car une longue journée se profilait à l'horizon.

Le lendemain, Ishan se sentit très en forme et cela lui mit du baume au cœur. Il avait décidé de retourner chez Stella et s'il ne la trouvait pas, il l'attendrait. Il avait l'habitude de rester en planque, cela ne le dérangeait pas. Il avait d'ailleurs repéré un bar depuis lequel il pourrait observer les allées et venues de l'immeuble.

Mais cela ne s'avéra pas nécessaire. En arrivant dans la rue, Ishan aperçut une silhouette derrière l'une des fenêtres de l'appartement : Stella était chez elle. Cela serait beaucoup plus simple que prévu.

Ishan attendit que quelqu'un sorte du bâtiment pour s'y introduire et alla directement sonner chez elle. Stella, pensant qu'il s'agissait de François qui venait prendre des nouvelles de Delhia, ouvrit la porte sans même réfléchir. Son geste resta suspendu en découvrant que ce n'était pas François qui se tenait devant elle. Au vu de ses réactions à l'hôpital, elle devait se méfier de Ishan. Il ressemblait plus à un psychopathe qu'à un gentil fils à sa maman. Elle tenta de refermer la porte le plus vite possible, mais instinctivement, Ishan la bloqua de son pied. La discussion ne s'engageait pas bien, car il ne souhaitait surtout pas l'effrayer.

— Attendez, je ne vous veux pas de mal, j'aimerais juste vous poser quelques questions.

— Partez d'ici ou j'appelle la police.

— Je suis désolé de venir vous déranger chez vous, mais je sais que ma mère ne va pas bien du tout et j'ai besoin de savoir si elle vous a parlé de moi, de ses proches.

— Je ne sais rien, ni de vous ni de votre mère, il s'agit d'une patiente, ni plus ni moins. Maintenant, partez !

— Si vous ne savez rien, pourquoi avoir dit que j'étais son fils ?

— Parce que vous avez un air de famille, tout simplement. Dans un hôpital, il est très fréquent que les enfants rendent visite à leurs parents malades.

Elle marquait un point. Pourtant, il était persuadé qu'elle avait plus d'informations qu'elle ne voulait le dire.

— Excusez-moi, mon but n'était pas de vous effrayer. Je vais retirer mon pied de la porte, mais s'il vous plaît, pourrions-nous parler quelques minutes ensemble, je vous en prie ? Ma mère est mourante et je ne sais pas comment faire pour renouer le contact avec elle. Je ne veux pas qu'elle parte avec, comme dernier souvenir, les mots horribles que nous avons échangés hier à l'hôpital. Je suis sûre que vous avez un grand cœur et qu'avec votre aide, j'arriverai à améliorer la situation. Je vous en prie, je suis certain qu'elle vous écoutera.

Ishan retira son pied. Il avait un air tellement malheureux qu'elle le prit en compassion.

— Alors juste quelques instants.

— Merci, merci infiniment.
Stella le laissa entrer.

— Merci beaucoup de m'accorder un peu de votre temps. Vous savez, je n'avais pas vu ma mère depuis des années et j'apprends qu'elle va mourir. Ce n'est pas ainsi que j'espérais renouer le contact. Je me sens perdu. J'ai besoin de connaître des détails sur mon passé, sur mon enfance et elle seule détient la vérité. Malheureusement, je me retrouve tantôt confronté à un mur de silence tantôt à un flot de mensonges et de haine. Alors, si elle vous a confié quoi que ce soit qui pourrait m'aider, je vous serais très reconnaissant de le partager avec moi.

— Vous savez, votre mère fait partie de ces patients qui ne parlent pas beaucoup. Elle est très gentille, mais je crains de ne pas vous être d'une grande utilité, quelle que soit votre requête.

— Dans ce cas, pourquoi m'avez-vous lancé en sortant de sa chambre que nous avions beaucoup de choses à nous dire ?

— Parce que depuis qu'elle est arrivée ici, personne n'est venu la voir, si ce n'est le médecin qui la suit et le personnel médical évidemment. Alors je pensais que vous auriez envie de vous retrouver un peu avant d'être séparés.

— Vous a-t-elle parlé de ses enfants, de son mari ?

— Non, elle est arrivée seule et bien que nous lui ayons demandé les personnes de confiance à tenir informées de l'évolution de sa santé, elle nous a dit qu'elle n'avait plus aucun contact avec sa famille. Et puis, elle s'est tellement énervée quand nous avons insisté pour avoir au moins un nom, même d'amis, que nous avons laissé la question pour un moment plus propice. D'ailleurs, lorsque je vous ai vu sortir de sa chambre, je souhaitais que vous me communiquiez un numéro de téléphone pour vous appeler en cas d'urgence, mais j'avoue que vous ne m'en avez pas laissé la possibilité.

— Vous me répondez trop bien, je sens qu'il y a quelque chose que vous me cachez. Est-ce que cela a un lien avec ce que vous vouliez lui faire lorsque je vous ai surprise dans sa chambre ?

— Je ne vous laisserai pas continuer à m'accuser sous mon toit. D'ailleurs, je n'aurais pas dû vous autoriser à entrer, notre conversation est terminée.

La tension était palpable dans la pièce, il régnait un silence épais, où l'inquiétude grandissante se mêlait à une attente déçue qui ne s'avouait pas vaincue.

Stella lui montra la porte d'un signe de la tête, puis prit son téléphone portable dans la main et commença à chercher le numéro de François, d'un air faussement détendu, comme si elle vérifiait un message. Elle appuya sur le bouton d'appel ; elle ne voulait rien laisser transparaître, mais elle avait peur. La sensation d'être engluée dans une toile d'araignée, prête à se faire dévorer, lui collait à la peau.

— Qui essayez-vous d'appeler ? Arrêtez ! Vous n'avez rien compris.

— C'est vous qui n'avez rien compris, je suis chez moi et je vous demande de sortir.

Ishan tenta de lui arracher le portable, mais elle se recula en le tenant si fermement dans sa main que Ishan lâcha prise brusquement et elle bascula en arrière. Sa tête frappa le fauteuil derrière elle et elle ne bougea plus.

Dans le téléphone, on entendait la voix de François qui criait « Stella ! Stella ! »

En voyant qu'elle ne se relevait pas, Ishan sentit un frisson glacé lui parcourir le dos. Comment avait-il pu en arriver là ? Rien ne se passait comme il l'avait espéré. Il venait de retrouver sa mère mourante et il avait peut-être tué cette infirmière qui aurait pu l'aider à en savoir plus. Dans un mouvement de panique, il recula et se prit les jambes dans la table basse en verre. Déséquilibré, il tomba de tout son poids sur le plateau transparent et le brisa en milliers de petits éclats brillants.

Le silence revint instantanément dans la pièce. Un silence de mort.

27

Dans le petit bureau à côté, Delhia descendit de son lit. Elle n'avait pas dormi aussi profondément depuis très longtemps. Elle écarta les rideaux, le soleil perçait à travers les nuages. Elle se demanda ce que cette journée allait lui réserver.

L'instant d'après, elle sortit de la pièce et fut horrifiée de ce qu'elle découvrit. La table basse était brisée et Stella gisait par terre. Prise de panique, elle se rua sur Stella. Heureusement, elle respirait encore, même si elle était inconsciente. Comment avait-elle pu se trouver juste à côté et ne rien entendre ?

C'est à ce moment-là que la clé tourna dans la serrure de l'entrée. Elle attrapa en hâte un pied cassé de la table, prête à se défendre face à celui qui allait s'introduire ici et se cacha derrière le fauteuil. Mais ce fut François qui entra.

— François, Dieu soit loué, viens m'aider, je ne sais pas ce qui s'est passé, je l'ai trouvée comme ça à l'instant.

— Qu'est-ce que tu fais là, qu'est-ce que tu as fait ? hurla François en se précipitant vers la table basse éventrée.

François semblait possédé. Tout son corps vibrait comme un arc électrique et son regard était rempli de haine.

— François, c'est moi, Delhia, je n'ai rien fait, je te jure, dit-elle en se recroquevillant derrière le fauteuil pour se protéger de sa colère.

— Que lui as-tu fait !

Il détourna les yeux de la table basse et s'agenouilla auprès de Stella. Instantanément, son expression se transforma et la rage fit place à la détresse. Il prit le visage de Stella délicatement entre ses mains et constatant qu'elle respirait encore, il l'appela doucement.

— Stella, ma belle, réveille-toi. Stella, je t'en prie. Stella !

Il lui caressa les joues, le front. Delhia ne savait pas quoi dire.

— François, je n'ai aucune idée de ce qu'il s'est passé, je…

François ne leva pas les yeux, il l'ignorait. Toute son attention était focalisée sur Stella. Delhia se risqua à sortir de derrière le fauteuil, s'approcha de lui et posa une main sur son épaule.

— François…

Mais il ne bougea pas, n'eut aucune réaction, aucune. Alors elle comprit : il ne la voyait pas. Elle sentit la détresse l'envahir à nouveau. Comment allait-elle pouvoir communiquer avec lui, l'aider à élucider ce mystère si personne ne pouvait la voir ni l'entendre ?

— Je reviens tout de suite, Stella.

Il alla dans la cuisine, en ressortit avec un torchon humide et le lui passa sur le visage avec une infinie tendresse. Ses yeux brillaient.

— Stella, ne m'abandonne pas. Réveille-toi.

Il posa un baiser sur son front et la sentit remuer faiblement au même instant.

— Stella.

Elle ouvrit les yeux lentement. Elle vit François et Delhia au-dessus d'elle et tout lui revint en mémoire. Delhia poussa un grand soupir de soulagement et le regard de François s'éclaira.

— Il… il est venu ici, dit Stella.

— Doucement, Stella, calme-toi, ne bouge pas, lui répondit François.

— Qui est venu ici ? questionna Delhia.

— L'homme de l'hôpital, je lui ai demandé de partir, mais il n'a pas voulu et il m'a agressée.

— Je sais, Stella, ne te fais pas de soucis. Il est là, à côté, bien mal en point lui aussi.
Delhia regarda autour d'elle, mais ne vit rien.
— Où est-il ? s'enquit Delhia ?
— Mon Dieu, que lui as-tu fait ? s'inquiéta Stella en se redressant un peu.
— Ne bouge pas, lui ordonna François avec douceur, mais fermeté. Je ne lui ai rien fait, il était comme ça quand je suis entré. J'ai pensé que vous vous étiez battus.
— Stella, je suis désolée, s'excusa Delhia d'une voix abattue. Je n'ai rien entendu, je dormais et en me réveillant, je suis sortie du bureau, je t'ai découverte là et François est arrivé juste après.
— Est-ce qu'il peut te… ?
— Non, il ne peut pas me voir, malheureusement.
— Est-ce qu'il peut quoi, Stella ? demanda François en posant sa main sur le visage de Stella pour qu'elle le regarde.
Elle semblait comme aspirée ailleurs et cela ne le rassurait pas sur son état. Elle tourna enfin les yeux vers lui :
— Aide-moi à me relever, ça va aller.
— Tu es sûre ? J'ignore comment tu es tombée et tu sais très bien que cela peut être dangereux.
— Non, je suis certaine que ça va, je suis juste un peu sonnée.
À contrecœur, François l'aida à se redresser. Elle était têtue et rien ne la ferait changer d'avis.
— Doucement, reste assise un moment avant de te relever. Oh, on dirait que tu as une belle bosse là derrière. Tu veux que j'aille te chercher des glaçons ?
— Oui, s'il te plaît.
François repartit dans la cuisine.

Ishan se mit à gémir et à parler faiblement, dans une langue aussi inconnue qu'étrange. Son corps avait de petits spasmes réguliers qui laissaient supposer qu'il était dans un état second, hors de la réalité.

Stella regardait Ishan en se demandant ce que Delhia avait pu lui faire. Il délirait. Elle vit une tache de sang à côté de son oreille ; tout cela n'était pas bon signe.

— Delhia, que s'est-il passé ? chuchota Stella.

— Je ne sais pas, je t'ai trouvée comme ça en arrivant, répondit Delhia.

— Je te parle de lui, dit-elle en montrant l'autre bout de la pièce.

— François ? Il est arrivé juste après que je t'aie trouvée. Je ne sais pas comment il a su, mais…

— Non, Delhia, je te parle de lui, répéta Stella avec plus d'insistance, en désignant la table basse en morceaux.

Delhia ne comprenait pas ce qu'elle lui demandait. Confuse, elle ne savait comment lui répondre.

— Delhia, tu es pâle à nouveau, diaphane, encore davantage qu'hier, s'inquiéta Stella. Il faudra que je te raconte ce que j'ai vu cette nuit, tu…

François revint de la cuisine. Il avait confectionné un petit ballotin avec de la glace qu'il lui appliqua derrière le crâne.

— Décidément, à chacune son tour de se blesser à la tête, chuchota Delhia.

Stella sourit faiblement.

— Qu'est-ce qui te fait sourire ? demanda François.

— Je me dis que j'ai de la chance que tu sois toujours là pour venir à mon secours quand j'en ai besoin. Par contre, je crois qu'il faudrait s'occuper de lui !

— Et si on le laissait mourir ici ?

— Ce ne serait pas très professionnel, grimaça Stella.
— Après ce qu'il t'a fait, ce serait de la légitime défense.
— François, arrête, je ne veux pas d'un cadavre dans mon salon. Et puis, on pourrait nous poursuivre pour non-assistance à personne en danger.
— D'accord, d'accord, je vais appeler les secours, ils s'occuperont de lui.
— Et s'ils posent des questions ? s'inquiéta Stella.
François baissa d'un ton.
— Il sait quelque chose ?
— Pas vraiment, mais il a mal interprété une de mes tentatives et je préférerais éviter les complications.
— Comme tu voudras. Tu es sûre que ça va ?
— Oui, va t'occuper de lui, ma trousse de secours est dans le placard de la salle de bain. Merci pour la glace.

François posa un baiser sur le front de Stella, se rendit dans la salle de bain et en revint aussitôt.
— Et Delhia, où est-elle ? s'inquiéta soudain François.
— Elle est sortie tôt ce matin ; elle ne m'a pas dit quand elle rentrerait, mentit Stella.

Lorsque François toucha Ishan, celui-ci sursauta et ses grommellements cessèrent instantanément.
— Que s'est-il passé ? articula Ishan en ouvrant les yeux.
— Tu oses me demander ça ? Si tu veux que je te soigne, je pense qu'il vaut mieux que tu te taises, sinon, je pourrais décider de t'achever.
La colère de François se sentait dans chacun de ses mots et de ses gestes. Si cela n'avait pas été pour Stella, il l'aurait laissé crever ; il n'aurait pas dû toucher à un cheveu de Stella. Mais

Ishan ne comprenait vraiment rien. Et impossible de bouger son corps. Il ne ressentait rien physiquement.

— Que m'arrive-t-il ? Je suis paralysé. Et pourquoi suis-je ici ? La dernière chose dont je me rappelle, c'est d'être parti de chez moi pour lui demander de l'aide, dit-il en désignant Stella du regard.

— C'est un peu facile. Tu l'agresses et l'instant d'après, tu affirmes ne te souvenir de rien !

— Non, ce n'est pas possible, je suis juste venu pour parler avec elle. Comment aurais-je pu lui vouloir du mal ?

— Et pourtant, c'est la vérité ! Tu as failli la tuer !

— Non, non, c'est totalement impossible !

Ishan se sentait perdu en écoutant ce qu'on lui racontait. Comment la situation avait-elle pu dégénérer à ce point ?

— C'est toi qui m'as assommé sur cette table basse ? Que m'as-tu injecté comme produit pour que je n'arrive plus à bouger ?

— Je ne t'ai absolument rien fait, je t'ai trouvé comme ça en entrant, répondit François. Mais je pense que si j'avais été ici, j'aurais pu te tuer, alors estime-toi heureux.

— Si tu n'étais pas là, tu n'as rien pu voir, donc tu ignores tout de ce qui s'est passé ! Vous me mentez, vous voulez me cacher quelque chose !

— Non, absolument pas ! François n'était pas présent lorsque tu m'as assommée, mais je sais très bien ce que tu m'as fait quand je t'ai demandé de sortir de chez moi.

Ishan n'arrivait pas à croire à ce que Stella lui disait. Et pourtant, il ne pouvait pas nier que leurs blessures à tous les deux étaient réelles.

Pendant ce temps, Delhia observait la scène avec incompréhension. François et Stella semblaient s'adresser à quelqu'un, mais elle ne voyait ni n'entendait personne d'autre. Elle était inquiète. Était-ce une nouvelle conséquence étrange de son état ? Était-elle en train de disparaître peu à peu de ce monde ? Elle avait besoin de comprendre ce qui se passait, mais elle ne voulait pas risquer de parler à Stella, et que François s'en rende compte.

Convaincue qu'un détail important lui échappait, elle s'approcha de la table basse brisée et de François. Mais elle ne voyait rien d'autre, personne. Soudain, au milieu des petits bouts de verre éparpillés sur le sol, elle aperçut un petit objet qui brillait différemment et semblait flotter au-dessus du sol. Elle se pencha et crut reconnaître le médaillon que sa mère leur avait offert quand elles étaient enfants, à sa sœur et elle… Elle ne comprenait pas comment ce médaillon pouvait se trouver ici. Tout ce qu'elle voyait était-il réel ou rêvait-elle ? Elle se baissa pour l'attraper.

À cet instant précis, un flash se produisit devant ses yeux. Au même instant, Ishan fut pris d'un spasme violent et un cri caverneux sortit de sa poitrine.

Quand le silence revint, il respirait bruyamment, ses poumons se gonflaient et se vidaient comme s'il avait failli étouffer. Cependant, ses mains pouvaient à nouveau bouger. Sans y réfléchir, il tenta de se redresser, mais des bouts de verre vinrent s'enfoncer dans sa peau. Dans une grimace, il s'immobilisa.

Malgré son aversion pour Ishan, François était tout de même inquiet. Il lui demanda s'il pouvait également remuer les pieds. Une fois qu'il sut que tout était en ordre, il prit la couverture épaisse posée sur le canapé, l'étala à côté de lui et l'aida à rouler sur le côté puis sur le ventre. Il allait devoir retirer les petits bouts de verre de ses habits et de sa peau. Heureusement pour Ishan, sa veste était rigide et avait empêché les éclats de passer ; seuls quelques morceaux s'étaient incrustés dans ses mains, son cou et son crâne, mais rien d'important. En moins de dix minutes, François en viendrait à bout.

Ils sentirent à peine le courant d'air froid qui traversa la pièce lorsque Delhia sortit de l'appartement.

28

Durant le flash, Delhia avait eu une vision. Un puzzle avec de nombreuses pièces absentes lui était apparu. C'était elle qui se trouvait au centre, elle en était certaine malgré les trous importants, mais n'avait pu identifier la silhouette à côté d'elle, sur laquelle il manquait beaucoup trop de détails. Ils se tenaient par la main.

Cela ressemblait à la vision dont Stella lui avait parlé. Par contre, juste au-dessus d'elle, Delhia avait reconnu Stella, toute petite, qui avait l'air menaçante. Sous son pied, elle avait également aperçu un objet rond et brillant : son médaillon ?

Quand les images se furent dissipées, elle était toujours debout à côté de François. Elle avait ouvert la main : le précieux médaillon de sa sœur s'y trouvait. Elle n'avait pas rêvé. Mais ce qu'elle n'avait pas compris, c'était par quel curieux hasard il avait pu se retrouver là, dans l'appartement de Stella.

Elle avait souhaité aller lui poser la question, mais au dernier moment, elle s'était abstenue. Sa vision la troublait profondément. Elle connaissait peu Stella et n'était pas sûre de pouvoir lui faire confiance. C'était tout de même étrange que l'appartement ait été saccagé le jour où elle avait dormi chez elle. Qu'avait pu faire Stella pour qu'on lui en veuille à ce point ?

Tout s'était embrouillé dans sa tête. Au fond de sa poitrine, depuis le flash, elle ressentait un grand malaise. Elle se sentait inquiète, mais elle n'arrivait pas à comprendre pourquoi.

Quelque chose la poussait à sortir de chez Stella, comme si elle y était en danger.

C'est à ce moment-là que les mots chuchotés entre François et Stella lui étaient revenus en mémoire.
— *Il sait quelque chose ?*
— *Pas vraiment, mais il a mal interprété une de mes tentatives et je préférerais éviter les complications.*

Il ne lui en avait pas fallu davantage pour donner un sens au malaise qu'elle ressentait. Sans un mot, elle avait couru vers la porte et était sortie de l'appartement.

Stella avait voulu la retenir, mais son regard s'était posé en même temps sur François qui était juste entre elles deux et sa voix s'était étouffée avant qu'elle ait prononcé son prénom.

Delhia ne savait pas où aller. Elle longea la rue, tourna plusieurs fois au hasard et se retrouva dans le parc où sa rencontre avec Stella avait eu lieu. Inconsciemment, elle balaya du regard l'endroit où elle s'était fait renverser par Stella, comme si son corps pouvait se trouver là.
Dans sa tête, ses idées défilaient à toute vitesse et malgré l'heure matinale, la chaleur était presque étouffante. À la recherche d'un peu de fraîcheur, elle s'adossa à un arbre et s'abandonna à son contact. Delhia sentit revenir en elle une certaine sérénité.
C'était exactement ce qui lui manquait actuellement, une connexion à la réalité et à ses racines, à sa famille.

C'est alors que tout s'éclaira. Elle s'était trompée depuis le début sur Stella. Rien n'avait été dû au hasard. L'accident de vélo, le fait que Stella l'ait enfermée à clé, la violente altercation qui avait eu lieu dans l'appartement, les mots échangés avec François à voix basse sur les actes répréhensibles de Stella : tout cela validait l'hypothèse qu'elle était dangereuse.

Le médaillon prouvait que Stella avait été en contact avec sa sœur après son enlèvement, quatre ans auparavant. Pour Delhia, il ne faisait plus aucun doute que Stella était liée de près ou de loin à sa disparition.

Il n'avait pas dû lui être très difficile de retrouver Delhia à Marseille et de comprendre qu'elle ne lâcherait pas les recherches sur sa sœur. Inquiète de la tournure que pourraient prendre les évènements, elle avait orchestré l'enlèvement de Delhia la semaine dernière, l'avait renversée intentionnellement afin de se rapprocher d'elle et de la mettre en confiance.

Étant donné son poste d'infirmière, il lui était très simple d'avoir accès à toutes sortes de drogues. Au moment de l'accident, elle avait pu lui injecter un produit qui lui provoque des hallucinations, qui la rende vulnérable. Et Stella connaissait bien l'épicier, ainsi que son voisin ; le piège était facile à monter pour la tromper quant à son invisibilité. Artificiellement, elle était déjà en train de la faire disparaître du monde.

Et soudain, elle se souvint de l'avertissement de la voyante et Stella était très probablement la personne dont elle devait se méfier.

Toutes ces hypothèses se tenaient et expliquaient les mystères qui l'entouraient depuis quelques jours. Mais ce qu'elle n'arrivait pas à comprendre, c'était le but de Stella. Que pouvait-elle avoir contre leur famille pour désirer leur faire autant de mal ?

Delhia se demanda un instant si elle n'était pas en train de devenir parano et si toutes ces élucubrations avaient un sens. Et si Stella n'était rien d'autre que ce qu'elle prétendait être, simplement une amie ?

Delhia inspira profondément et se recentra. Stella n'était pas son amie, tout le prouvait, il fallait qu'elle accepte l'évidence. Si elle laissait Stella poursuivre ses actions sans réagir, elle allait la faire disparaître pour de bon, comme elle l'avait fait pour sa sœur. Et elle savait que son instinct lui avait souvent rendu de fiers services.

Pour contrecarrer les plans de Stella et arrêter de se faire manipuler, la meilleure solution était d'y retourner pour tenter d'en apprendre davantage. À distance, elle n'arriverait à rien.

29

Dans l'appartement, Ishan se sentait mal à l'aise. Il n'avait aucun souvenir de ce qui s'était passé avant l'altercation et n'avait aucune idée de ce que Stella avait dit ou non sur sa mère. Dans sa position, il ne pouvait pas se permettre de reprendre les questions qu'il avait en tête, car elle ne lui répéterait rien.

Sachant pertinemment qu'il n'obtiendrait rien d'eux sans dévoiler une partie de son histoire, il décida de jouer franc jeu.

— Vous savez, ce n'est pas la première fois que je perds la mémoire. Il y a un an, j'ai été agressé dans la rue et presque tous mes souvenirs ont été effacés. Il ne me reste que des bribes, des images, des phrases, des sensations, quelques rares instants qui sont intacts sans que je comprenne pourquoi. C'est comme si on m'avait volé ma vie. Étrangement, je n'ai perdu aucune faculté, tout ce que j'ai appris est bien présent en moi. Mais de tous les souvenirs du quotidien, de mon enfance, je ne me rappelle pratiquement rien. Depuis, je cherche à reconstruire la vérité sur mon passé. C'est pour cela que j'ai tenté de renouer le lien avec ma mère à l'hôpital, malgré la haine qu'elle a toujours eue pour moi. Et c'est pour cela que je souhaitais venir ici aujourd'hui.

— Elle est bien jolie ton histoire, mais pourquoi est-ce que nous t'aiderions ? Et comment veux-tu qu'on te fasse confiance après ce qui s'est produit ? demanda François.

— Si vous ne me croyez pas, vous pouvez appeler l'hôpital de Marseille ! Ils pourront vous confirmer ma version des faits. Mais je vous en prie, j'ai grand besoin de vous.

— Et quand bien même ils nous le confirmeraient, je ne vois pas ce que nous pourrions faire, ni même pourquoi nous perdrions du temps pour toi.

— Je suis vraiment désolé de ce qui s'est passé. Je ferai tout ce que je peux pour me faire pardonner, mais je vous en prie, vous devez m'aider, vous êtes mon unique espoir. Je ne veux pas que ma mère meure et avec elle ma dernière chance de dénouer les mystères sur mes origines.

La voix de Ishan se brisa. François qui restait bloqué sur ce qui venait de se passer se demanda s'il était bon acteur, mais Stella devinait que sa détresse était réelle. Ce qu'elle avait entrevu de ses deux visites à l'hôpital n'avait rien d'une comédie, car il ne savait pas qu'elle l'avait observé. Cependant, quelque chose d'autre se dégageait de lui et l'inquiétait : une force sombre et violente qui avait pris le dessus lorsque Stella n'avait pas voulu le laisser entrer dans l'appartement et qu'elle lui avait intimé de partir. Elle devinait que dans ces moments-là, il ne se contrôlait pas, comme si une puissance extérieure volait les commandes de son corps pour l'obliger à aller jusqu'au bout et obtenir ce dont il avait besoin. Et cette part de Ishan n'avait peur de rien. Elle était dangereuse, très dangereuse.

Pourtant, il ne fallut pas longtemps à Stella pour se décider à l'aider. Sans le savoir, il allait lui permettre de mettre en œuvre ce qu'elle projetait de faire le jour où il l'avait surprise dans la chambre de sa mère.

Elle se retourna vers François :

— Je peux te parler un instant ?

Ils s'éloignèrent de Ishan.

— Je ne l'aime pas beaucoup plus que toi, mais peut-être que nous pourrions lui faire passer un test pour savoir s'il s'agit de sa mère, et que je pourrais en profiter pour…

— Stella, ce type m'a l'air dérangé et je ne pense pas que ce soit une bonne idée de nous impliquer dans quoi que ce soit avec lui.

— Je ne te parle pas de l'impliquer. Nous pourrions simplement l'aider à faire le test sans rien lui dire de nos recherches parallèles. Au moins, il nous laissera tranquilles et je suis certaine d'être totalement couverte cette fois.

— Parce que tu crois vraiment que cela en vaut la peine ? Stella, tu cours après un projet fou, insensé et dangereux. Tu as presque tout pour être heureuse, pourquoi en vouloir encore plus et risquer de te faire du mal ? Pourquoi ne tires-tu pas un trait sur toute cette histoire ? Le passé est passé, tu ne pourras rien y changer, quoi que tu fasses. Il faut que tu regardes vers le futur maintenant. Pardonne et tourne la page.

— François, tu le sais très bien, je ne laisserai jamais tomber. Tout ce que je te demande, c'est qu'aujourd'hui encore tu me soutiennes et que tu sois là pour m'accompagner. Et si tu refuses de me suivre, je le ferai seule.

François regarda Stella fixement. La lumière qu'il voyait dans ses yeux était aussi vive qu'au premier jour de leur rencontre. Cette détermination qu'il sentait en elle à faire éclater la vérité était inébranlable. Il tenta pourtant un dernier argument.

— Tu es sûre de ton choix ? Tu pourrais finir par le regretter. Et tu sais qu'en lui tendant la main, il risque d'en vouloir toujours plus, surtout s'il n'obtient pas ce qu'il désire. Je ne suis pas rassuré à l'idée qu'un type comme lui rôde autour de toi.

— François, tu es adorable de t'inquiéter pour moi, mais je suis décidée. Est-ce que tu me suis, oui ou non ?

Stella revint vers Ishan.

— Nous sommes d'accord pour t'aider. Par contre, il va nous falloir avoir la certitude que tu es franc avec nous. D'abord, est-ce que tu as tes papiers d'identité ?

Ishan fouilla dans la poche de son pantalon, sortit sa carte d'identité et la tendit à Stella.

« Ishan Pandit »

— Tu as le même nom de famille que Féanor. Pourquoi doutes-tu qu'elle soit ta mère ? Tu n'as pas grandi avec elle ?

— Si, du moins si je me réfère aux quelques bribes de souvenirs que j'ai gardées de mon enfance. Mais lorsque l'incertitude s'est installée en moi dernièrement, j'ai cherché sur le registre des naissances et à aucun endroit je n'y suis mentionné.

— Et est-ce que ta mère t'a dit quelque chose à ce sujet ?

— Ma mère ne m'a jamais vraiment aimé et maintenant qu'elle est malade, c'est encore pire ; alors, comment savoir si elle me dit la vérité ou si c'est pour me faire du mal qu'elle m'a lancé en pleine figure que je n'étais pas son fils ?

— Si tu n'es pas sur le registre des naissances, penses-tu que tu aies pu être adopté ?

— Je ne sais pas. Avec ma sœur, nous nous ressemblions, enfin, du moins, assez pour que je ne me pose pas la question.

— Est-ce que tu as trouvé ta sœur sur ce registre ?

— Oui, Delhia y apparaît.

— Delhia ?

Stella fut troublée. Se pourrait-il que ce soit la jeune femme qu'elle venait justement de rencontrer ? Ce qui expliquerait la réaction de Delhia au-dessus du corps de son frère avant de s'enfuir. Pourtant, Delhia lui avait toujours parlé de sa sœur disparue. À aucun moment elle n'avait mentionné qu'elle avait également un frère.

François avait fini d'enlever les petits morceaux de verre et mis quelques pansements sur les plaies. Il redonna sa chemise à Ishan.

Lorsqu'il l'enfila, Stella remarqua la cicatrice qu'il avait sur le bras. Ishan vit le regard de Stella et y répondit comme s'il devait se justifier.

— À l'hôpital, après mon agression, j'ai découvert cette trace et je n'avais aucun souvenir de ce qui avait pu se passer. Quelqu'un m'a dit que cela ressemblait à une brûlure, assez récente, alors j'imagine qu'elle date de l'incendie de la maison de mes parents il y a quatre ans.

Cela faisait un indice de plus qui concordait, et ce possible lien entre eux n'allait pas lui simplifier la vie. D'autant qu'ayant perçu, dans sa vision de la nuit précédente, qu'il ne restait que quelques jours de vie à Delhia. Il allait falloir assembler les pièces du puzzle rapidement et agir.

— Ishan, si tu le souhaites, nous pourrions te faire passer un test ADN et dans moins d'une semaine, tu sauras si Féanor est ta mère ou non.

— Mais tu m'as dit que ma mère était proche de la fin, n'y a-t-il pas moyen d'avoir des résultats plus vite ?

— Généralement, le délai est de trois à quatre jours, un jour de moins si l'on paye plus cher. Il y a aussi une procédure d'urgence qui propose un résultat en 24 heures, mais la situation ne permet pas d'y recourir.

— Je peux peut-être arranger cela si j'ai accès à un ordinateur depuis votre hôpital ; je suis un expert en cybersécurité.

— Sauf que je ne suis pas sûre de pouvoir te faire confiance et que nous ne pouvons pas faire les tests à l'hôpital.

— Si les tests sont déposés hors de l'hôpital, cela ne devrait pas trop me compliquer la tâche. Et pour ce qui est de me faire confiance, je comprends tout à fait que vous soyez méfiants. Vous ne me connaissez pas, je débarque ici et vous demande maladroitement de l'aide. Alors, pour commencer, allez vérifier mon histoire et ensuite si vous me croyez, nous pourrons repartir sur de bonnes bases. Regardez, voici la copie du registre des naissances. Il y a le nom de mes parents, celui de Delhia, et c'est le jour de ma naissance, le même que sur ma carte d'identité. Et pour mon agression, appelez l'hôpital pour qu'ils vous confirment cette part de mon passé. Et faites des recherches sur Internet par rapport à l'incendie, il reste encore quelques traces.

Stella et François regardèrent la copie du registre, elle était conforme à ce que disait Ishan. François fit le tour du Net sur son téléphone et trouva effectivement un article du lendemain de l'incendie, mais il n'y avait presque aucune information. Un fait divers parmi tant d'autres.

De son côté, Stella composa le numéro de l'hôpital de Marseille que Ishan lui avait indiqué. Elle se présenta sous son titre d'infirmière, expliqua qu'ils avaient un patient actuellement chez eux et qu'ils souhaitaient connaître ses antécédents avant de le soigner. Après avoir patienté pendant que la personne vérifiait son identité, elle finit par parler à une autre infirmière qui prit le temps d'ouvrir le dossier de Ishan. Elle s'était éloignée pour pouvoir poser des questions sans se sentir gênée de cette intrusion dans son passé médical.

Lorsqu'elle raccrocha, elle avait la preuve que Ishan leur disait la vérité sur son agression ainsi que sur sa perte de mémoire, associée à de légers troubles du comportement. Mais une information qu'elle avait apprise sur Ishan la laissa dans un état particulier.

Elle savait qu'elle n'en parlerait pas, du moins, pas tout de suite. Ishan était trop instable et elle ne souhaitait pas entrer dans ce type de discussion avec lui. D'autant qu'une pensée venait de lui traverser l'esprit : était-ce possible qu'il ait également oublié cela ?

Une fois revenue vers eux, Stella confirma à Ishan qu'elle allait l'aider et François finit par accepter de la suivre. Que pouvait-il faire d'autre ? Elle l'avait toujours mené à la baguette et ce n'était pas aujourd'hui que cela changerait. Depuis leur première rencontre à l'hôpital, il était tombé sous le charme. Elle était mince, élégante et raffinée sans pour autant se croire supérieure ; ses longs cheveux noirs et lisses lui donnaient un petit air aussi sévère que gracieux et ses grands yeux couleur noisette lui conféraient un côté mystérieux qu'il aimait particulièrement. Elle semblait dynamique, volontaire et directe, et faisait partie de ces personnes dont on devinait tout de suite qu'elles savaient ce qu'elles voulaient et ne se laissaient pas marcher sur les pieds. C'était une femme de caractère et c'est exactement ce qui l'attirait chez la gent féminine.

Le fait de la croiser une seconde fois dans le hall de son immeuble la même semaine lui avait donné la certitude qu'elle était faite pour lui. Il ne croyait pas au hasard et cette coïncidence avait forcément un sens. De plus, elle s'appelait Stella : pour lui qui, depuis tout petit, était passionné d'étoiles, cela ne pouvait être qu'un autre signe. Malheureusement, elle n'était qu'une étoile filante qu'il suivait à la trace, aussi insaisissable que les astres eux-mêmes. Malgré ses tentatives pour se faire aimer d'elle, il n'avait réussi à obtenir qu'une chaste amitié. C'était une amitié profonde et sincère, certes, mais qui à son goût manquait cruellement du côté charnel dont il avait si souvent rêvé quand il pensait à elle. Pourtant Stella lui avait donné une place dans sa vie qu'il ne pouvait pas refuser. Leur entente était parfaite ; ils se racontaient tout ou presque, passaient régulièrement leurs soirées libres ensemble et savaient se soutenir dans les moments difficiles. Et Stella avait une qualité d'écoute qu'il avait rarement rencontrée. Lorsqu'il lui parlait, il avait l'impression d'être important, d'être écouté et pris en considération. Elle lui laissait l'espace pour se livrer en étant accueilli tel qu'il était, avec ses défauts et ses blessures, avec sa beauté et ses richesses intérieures. Devant elle, il n'était plus une personne perdue parmi la foule, il était lui-même dans son unicité et sa singularité d'être vivant, face à un autre être humain. François avait peu à peu appris à connaître les parts d'ombre de Stella et à voir, au-delà de la surface lisse qu'elle présentait au monde, ses failles et les fantômes qu'elle cachait dans ses placards. Et il ne l'en aimait que davantage.

30

Ishan était un peu plus vaillant à présent et Stella, malgré une grosse bosse derrière la tête, avait repris son entrain naturel. Elle était déterminée et prête à foncer. C'était maintenant qu'il fallait agir.

Avant de sortir, elle laissa un mot à l'attention de Delhia, pour lui indiquer où elle était et qu'elle se sentait bien. En claquant la porte, Stella posa en pensée une protection sur son appartement qu'elle ne ferma pas à clé. Mais au fond d'elle-même, elle n'était pas certaine que Delhia allait revenir. Où avait-elle pu aller ? Elle aurait dû la retenir tout à l'heure, au risque de désorienter François. Après tout, il en avait vu d'autres avec elle. Mais il était impossible de changer le passé.

En arrivant devant l'hôpital, Ishan porta machinalement la main à son cou et constata qu'il n'avait plus son médaillon. S'était-il décroché dans sa chute ? Il ne s'en était jamais séparé et se sentit soudain démuni, comme si une part de lui-même lui avait été volée. Au moment où il allait savoir si Féanor était vraiment sa mère, voilà qu'il perdait ce qui le reliait symboliquement à elle depuis tant d'années. Cette coïncidence était plutôt troublante. Il descendit la main jusqu'à la poche intérieure de sa veste, caressa son carnet et retrouva peu à peu son calme.

Lorsqu'ils entrèrent tous les trois dans l'hôpital, la situation était assez singulière. Stella et François ne travaillaient ni l'un ni l'autre, mais venaient voir une de leurs patientes avec le fils supposé de celle-ci. Pour ne pas éveiller de soupçons, ils expliquèrent à l'infirmière présente qu'ils connaissaient bien Ishan et que ce dernier avait besoin d'eux afin de pouvoir échanger sereinement avec sa mère, car leur relation était conflictuelle.

L'infirmière ne fut pas étonnée de la démarche, mais sa mine désolée ne laissait rien présager de bon. Elle leur apprit que Féanor était tombée dans le coma durant la nuit et il était probable qu'elle n'en ressortirait pas. Elle les informa également que la patiente avait demandé à voir un prêtre la veille et que celui-ci s'était entretenu longuement avec elle. Elle ajouta :

— Comme si elle avait su qu'elle ne se réveillerait pas ce matin.

Ishan était déconfit, mais François trouva que la situation tournait à leur avantage. Ils n'auraient pas à prétexter un quelconque examen de plus et Féanor n'opposerait aucune question ou résistance. Heureusement, il se garda de faire la moindre réflexion.

Stella pour sa part s'efforça de ne rien laisser paraître. Elle passa à son casier, prit ce dont ils avaient besoin et ils se rendirent dans la chambre 213. Ishan était agité et mal à l'aise. Il osait à peine regarder sa mère. Stella sortit un coton-tige et le frotta à l'intérieur de la joue de Féanor. Elle fit de même avec Ishan et replaça les prélèvements dans leurs tubes d'origine. Elle les confia à François qui partit aussitôt les déposer à un laboratoire juste à côté de l'hôpital.

Ishan était tellement anxieux qu'il ne remarqua pas que Stella avait pris deux cotons-tiges pour le prélèvement sur Féanor.

Après quelques longues minutes de silence, Stella demanda à Ishan s'il préférait rester seul avec sa mère.

— Oh non ! Lorsque je me suis retrouvé en tête à tête avec elle, rien de bon ne s'est produit, bien au contraire.

— C'est vrai que lorsque je t'ai vu sortir la première fois de sa chambre, tu avais l'air déboussolé.

— Parce que tu me surveillais ?

— Non, pas du tout, j'étais dans le couloir, en train de faire le tour des patients. Tu t'es enfui comme si tu avais croisé un fantôme. J'étais inquiète alors je suis entrée dans la chambre pour m'assurer que tout allait bien et Féanor dormait, avec une sérénité que je ne lui avais jamais connue. Cela m'a semblé un peu mystérieux.

— J'ai été pris d'un malaise à côté de son lit. Et je suis sûr qu'elle était heureuse que je souffre. Si elle avait pu me voir mort à sa place, elle aurait exulté de joie.

— Comment peux-tu dire de telles atrocités ? Elle était peut-être simplement plus sereine d'avoir senti ta présence à ses côtés.

— Tu ne la connais pas. D'ailleurs, je suis certain que c'est elle qui a monté ma sœur contre moi pour qu'elle m'agresse. Elle est convaincue que j'ai brûlé la maison pour me venger de je ne sais quoi et elle a dû lui faire croire que je voulais les tuer.

— Ta sœur t'a agressé ?

— Oui, lorsque je suis allé à l'hôpital à Marseille, c'était à cause d'elle.

— Tu en es sûr ?

— Certain. Il n'y a pas eu de témoin, mais je l'ai reconnue au milieu de cette bande de jeunes. Si elle est devenue dangereuse et qu'elle s'en est prise à moi, c'est forcément à cause de ma mère.

Stella ne savait pas ce qu'elle devait en penser. D'après ce qu'elle connaissait de Delhia, cela lui semblait étonnant.

— Je croyais que tu ne te souvenais pas de ton agression.
— Que cherches-tu à insinuer ? répondit Ishan, soudainement agité.
Stella sentit l'ombre qui reprenait le contrôle sur lui. Tous les sens en alerte, elle fit machine arrière. Après tout, cela ne la concernait pas, enfin, pas tout à fait.
— Rien du tout, je tente juste de comprendre dans quelle situation tu te trouves, pour t'aider.
À cet instant, une infirmière entra dans la chambre. Stella fut soulagée, elle n'était plus seule avec lui.
— Pardonnez-moi de vous déranger, vous avez dit tout à l'heure que vous étiez son fils et j'aurais besoin que vous remplissiez un formulaire.
Ishan se sentit acculé et ne sut pas comment répondre pour se désengager des responsabilités qui l'attendaient vis-à-vis de cette femme.
— C'est que…
— Cela ne prendra que quelques minutes et c'est vraiment très important pour nous.
Ishan ne voulait pas avoir de problèmes supplémentaires aujourd'hui et accepta à contrecœur. L'infirmière lui demanda de remplir une fiche administrative et lui posa quelques questions sur la prise en charge des évènements à venir, lorsque sa mère ne serait plus. Il n'avait jamais imaginé que cela tournerait ainsi, mais tenta de répondre le plus simplement, comme si cela ne le concernait pas vraiment.
— Je vous remercie. Nous nous permettrons de vous appeler si l'état de votre mère évolue.
Elle repartit en laissant un nouveau silence s'installer entre eux.
Heureusement, le vibreur du téléphone de Stella vint l'interrompre. François avait déposé les tests. C'était maintenant

au tour de Ishan d'entrer en scène. Il y avait une salle informatisée peu fréquentée depuis laquelle Ishan pourrait tenter de modifier les données sur le degré d'urgence de la procédure sans passer par la voie légale.

En traversant les couloirs, Stella se mit à espérer silencieusement qu'au moins l'un des deux tests reviendrait négatif.

La salle qui contenait les ordinateurs était déserte, comme prévu. Au bout de 30 minutes, Ishan, pour qui l'informatique était un jeu d'enfant, avait réussi à entrer dans le logiciel du laboratoire. Si cela avait été celui de l'hôpital, la manœuvre lui aurait pris moins de temps. Mais il n'était pas possible de faire courir le moindre risque à Stella pour des tests qu'elle n'avait légalement pas le droit de pratiquer sur des patients. Il changea le code pour passer la demande en prioritaire. Avec un peu de chance, il pourrait avoir les résultats le lendemain soir. Il gagnerait au moins une journée, ce qui lui semblait énorme au regard de l'état de santé de sa mère.

François les avait rejoints. Il ne restait que deux heures avant que tous les deux ne commencent à travailler et il proposa à voix basse à Stella qu'ils aillent manger ensemble, sans Ishan. Stella allait devoir la jouer fine pour se débarrasser de ce dernier sans qu'il reparte dans sa paranoïa.

— Que comptes-tu faire en attendant les résultats ? lui demanda-t-elle ?

— Je ne sais pas. Peut-être rentrer à l'hôtel et m'abrutir avec des médicaments pour dormir jusqu'à ce que l'heure de vérité ait sonné.

— Tu penses prendre des somnifères ?

— Si tu peux m'en fournir, oui, je crois que c'est ce qui pourrait m'arriver de mieux.

Stella n'espérait pas s'en débarrasser aussi facilement. Elle alla piocher dans la réserve et donna quelques comprimés à Ishan.

— Retrouvons-nous demain vers 16 heures devant le laboratoire. François ira chercher les résultats et nous les ouvrirons avec toi si cela te convient.

— Oui, c'est parfait. Merci de votre aide à tous les deux. À demain, répondit Ishan avant de s'en aller.

31

François s'installa face à Stella dans leur petit restaurant habituel, le pub Gay Lussac.
— Tu attires vraiment de drôles de spécimens, Stella. Dans un autre style, tu te souviens de madame Anglas ? Son fils avait flashé sur toi et venait le plus souvent possible rendre visite à sa mère, dans l'espoir de te voir ou de te parler.
— Oui, il était tellement collant que je t'avais demandé de jouer le rôle de mon petit ami pour qu'il se calme.
— Mais cela ne s'est pas passé comme tu l'espérais : il était devenu fou de jalousie et avait bien failli me casser le nez ! Et je n'avais rien vu venir.
— Pardon, François, c'est vrai que je te mets souvent dans des situations délicates. Tu me sors de tellement de mauvais pas que je ne peux que t'en remercier. Cette fois-là, j'ai eu droit à des fleurs tous les jours de la semaine suivante, comme si cela allait me faire changer d'opinion à son sujet !
— Au moins, avec Ishan, tu peux être sûre que tu ne recevras pas de fleurs, mais je devrais sans doute faire attention à mon nez, car je me méfie de ses coups de sang.
Le téléphone de Stella vibra. Elle l'attrapa rapidement, mais fit la moue en le reposant. Ce n'était pas ce qu'elle espérait.
— Tu n'as toujours pas de nouvelles de Delhia ? demanda François.
— Je trouve que tu t'intéresses beaucoup à elle.
— Parce que tu serais jalouse par hasard ?
— Tu aimerais bien !
— Pas même un tout petit peu ?

— François, je suis convaincue que cela te ferait vraiment plaisir, mais tu sais que toi et moi, cela n'arrivera jamais.
— Alors tu ne m'en voudras pas si je tente ma chance avec elle ?
— Pour être franche, je ne suis pas sûre que ce soit la personne la plus adaptée pour commencer une relation.
— Tu dis ça parce qu'au fond de toi, ça te dérange. Peut-être que tu as peur que je te la vole, vu la façon dont tu m'as mis dehors hier soir.
Il avait un petit sourire qui en disait long.

Au début de leur rencontre, François s'était souvent demandé ce qui clochait chez lui. Non pas qu'il se crût irrésistible, mais tout se passait tellement bien entre eux qu'il ne comprenait pas les refus de Stella de s'investir dans une relation amoureuse avec lui. Il avait l'impression de ne pas être à la hauteur de ses attentes. À moins qu'elle n'ait connu des mésaventures qui l'aient blessée profondément au point de ne plus vouloir s'engager, de peur de souffrir à nouveau.
À force de poser des questions de façon faussement innocente sur ses anciens amoureux, il avait fini par accepter qu'il ne serait jamais la personne qu'elle attendait, non pas parce qu'il n'était pas assez bien pour elle, mais tout simplement parce qu'il était un homme. Stella avait pourtant essayé de faire comme la plupart des autres filles de son âge au lycée, mais rien à faire, les garçons ne l'attiraient pas. Elle les trouvait insipides, disgracieux et inintéressants, à l'opposé total de ce qu'elle sentait pour les filles, dont les formes arrondies, le caractère et la sensualité la faisaient vibrer. Elle s'était rendue à l'évidence qu'elle aimait les femmes et que la gent masculine n'était pas faite pour elle, sentimentalement parlant du moins.

Elle avait eu quelques aventures au lycée avant de tomber follement amoureuse d'une camarade de son école d'infirmières. Leur relation avait duré deux années pendant lesquelles Stella avait été profondément heureuse. Elle s'était épanouie et s'accueillait enfin dans sa différence, tout en se jugeant finalement très proche de la plupart des autres couples autour d'elle. Après sa séparation, elle avait vécu plusieurs histoires, mais elle était célibataire depuis maintenant plus de deux ans et se sentait parfois très seule. Régulièrement, François faisait de légères allusions, espérant qu'un jour elle verrait enfin en lui la personne avec qui elle désirerait passer sa vie, malgré ce qu'il avait en trop entre les jambes. Chaque fois, elle le regardait avec un sourire tendre, le prenait dans ses bras, le serrait très fort et lui murmurait à l'oreille qu'elle l'aimait de tout son cœur ; mais que même si cela la rendait triste de ne pas être attirée par lui physiquement, elle ne pouvait pas forcer ses sentiments. Elle espérait que son amitié pourrait lui suffire, car elle ne voulait le perdre pour rien au monde ; il faisait partie de sa vie et de son équilibre.

Stella leva les yeux au ciel, comme si elle avait entendu tout ce qui était passé dans la tête de François et ne releva pas sa pique.

— François, il y a des détails sur Delhia que tu ignores et qui ne vont pas faciliter votre relation.
— Comme quoi par exemple ?
— C'est un peu compliqué.
Sans qu'ils aient eu besoin de le demander, la serveuse leur apporta un Perrier rondelle à chacun.
— Je vous mets le plat du jour à tous les deux ?
— Oui, merci, Sophie.

Sans attendre qu'elle se soit éloignée, François reprit :
— Avec toi, la vie est rarement simple, donc je suis prêt à tout entendre.
— J'ai rencontré Delhia seulement depuis trois jours, mais une partie de moi la connaît depuis beaucoup plus longtemps.
— C'est encore tes histoires de visions nocturnes ?
— Oui, si tu veux les appeler ainsi. Depuis toute petite, il m'arrivait de la voir la nuit, sans savoir qui elle était. Il ne se passait rien de particulier dans ces visions et je n'avais jamais compris qui elle était. Mais après l'accident avec mes parents, j'ai commencé à la rencontrer plus souvent, elle semblait perturbée et soucieuse. Étrange coïncidence, non ?
— Tu penses vraiment qu'elle pourrait être…
— Elle a le même âge que moi.
— Mais pourquoi serait-elle devenue soucieuse juste après la mort de tes parents si elle ne te connaissait pas ?
— Il y a un lien puissant entre elle et moi, et je suis persuadée que ce n'est pas pour rien que tu sens cette attirance pour elle.
— Tout ne tourne pas autour de toi, Stella, je ne fais aucun transfert. Elle me plaît, voilà tout.
— Je ne fais que constater, c'est toi qui tires des conclusions !
— Stella, je ne suis pas venu manger ici avec toi pour que tu joues à ma psy !
— Et moi, je suis là pour attendre ma prise de garde tout en me détendant. Alors, si on pouvait donner un ton plus léger à cette conversation, ce ne serait pas de refus.
— Excuse-moi, c'est vrai qu'on réagit un peu vite tous les deux. Mais je dois t'avouer que les évènements de ce matin ne me rassurent pas et que Ishan me fait peur.
— Allons, toi, le grand garçon costaud, tu as peur de Ishan ?

— Ne joue pas comme ça, tu sais de quoi je veux parler. Vu ses réactions violentes, je pense qu'il est réellement dangereux et je m'inquiète pour toi. Il connaît ton adresse et il est imprévisible.
— Un peu comme Delhia…
— Qu'est-ce qui te fait dire cela ? Elle m'a semblé plutôt équilibrée dans le peu que j'ai vu d'elle.
— Oui, c'est exactement ça, dans l'infime partie que tu as découvert d'elle, car tu étais aveuglé par son charme hier soir.
— Et toi, tu es jalouse.
— Je cherche juste à te protéger, je n'ai pas envie que tu souffres.
— De toute façon, l'amour fait souffrir, c'est bien connu.
— Si elle disparaît demain, c'est moi qui vais te ramasser à la petite cuillère devant ma porte !
— Parce que c'est ce que tu as vu dans tes visions ?
— Écoute, parlons d'autre chose. Mais tu ne pourras pas me reprocher de ne pas t'avoir prévenu.
— Mais dis-moi, pourquoi ne cherches-tu pas tout simplement des réponses pour t'éclairer sur tout cela durant la nuit ?
— Parce que lorsque je demande de l'aide pour moi-même, ça ne fonctionne pas, les informations sont incohérentes, tu le sais bien.
— Est-ce que cela ne fonctionne vraiment pas ou est-ce parce qu'il y a une part en toi qui reste bloquée et ne souhaite pas aller voir la vérité ? Tu veux aider les autres, mais tu ne sais pas t'aider toi-même. Tu devrais sans doute commencer par t'aimer davantage.

Stella ne répondit pas et baissa la tête. François avait fait mouche, il avait touché un point sensible. Il posa sa main sur celle de Stella et poursuivit d'une voix douce.

— Je suis désolé, Stella, peut-être tout simplement que tu n'es pas encore prête. Mais je suis persuadé que tout finira par se mettre en place.

Ils terminèrent le repas entre silences et platitudes ; aucun d'eux ne voulait relancer la discussion sur un thème sensible. Une demi-heure plus tard, ils reprirent le chemin de l'hôpital. Par malchance, ils étaient tous les deux de garde ce soir-là et Stella ne pourrait pas repasser à son appartement pour savoir si Delhia y était revenue ni comment elle allait. Elle y pensa tout le reste de la journée. Elle essaya de téléphoner chez elle plusieurs fois au cas où Delhia y soit, mais n'obtint aucune réponse. Elle était inquiète et allait devoir attendre le lendemain, en espérant qu'elle ne fasse pas de bêtise.

32

Lorsque Delhia arriva chez Stella, elle trouva le mot en évidence sur le petit meuble de l'entrée. Elle y apprit que Stella ne rentrerait pas avant le lendemain après-midi et que François ne serait pas là non plus.

Si la déception fut sa première réaction, elle comprit rapidement l'intérêt d'avoir l'appartement pour elle seule durant le reste de la journée.

Elle porta la main à son cou machinalement et découvrit que son médaillon n'y était plus. Comment ne s'en était-elle pas aperçue avant ? Elle fouilla dans sa poche et retrouva le médaillon qu'elle avait trouvé le matin même sur le sol du salon. Elle se sentait confuse. Comment avait-elle pu ne pas se rendre compte qu'elle ne l'avait plus ? Et si c'était le sien qu'elle avait découvert au milieu des débris de la table et non celui de sa sœur ? Elle remit son médaillon autour de son cou tout en pensant qu'il avait tout à fait pu se décrocher le soir précédent lorsqu'elle était avec Stella sur le canapé. Les doutes revinrent l'assaillir.

Après quelques minutes, elle se dit qu'elle ne perdrait rien à faire le tour des affaires de Stella. Peut-être dénicherait-elle des indices lui permettant de statuer sur la confiance qu'elle pouvait ou non lui accorder, pour comprendre qui elle était réellement.

Après s'être posée pour manger, elle se mit à fouiller minutieusement tout l'appartement, en prenant soin de ne laisser aucune trace de ses recherches ; elle avait tout son temps. Avec beaucoup de précautions, elle ouvrit tous les meubles et tiroirs, souleva tous les objets pour les retourner dans tous les sens, feuilleta tous les livres, inspecta tous les habits, sacs, boîtes qu'elle trouva, pièce après pièce.

Lorsqu'elle arriva au fond du placard de la chambre à coucher, elle découvrit un grand cahier rempli de photos de femmes de type indien avec un prénom en dessous de chacune. Un détail lui fit froid dans le dos : les photos étaient barrées au feutre rouge. De plus, presque toutes ces femmes étaient photographiées sur un lit d'hôpital, les yeux fermés. Delhia sentit son sang se glacer. L'image de Stella en train d'éliminer ces femmes traversa son esprit. Dans quel but aurait-elle fait cela : une vengeance, abréger leurs souffrances ? Delhia songea que, comme ces malheureuses, elle-même était de type indien…

Elle espérait se tromper. Pouvait-il s'agir de femmes que Stella n'avait pas pu sauver et auxquelles elle s'était attachée ? Elle n'avait aucune certitude, mais il y avait forcément quelque chose d'étrange là-dessous qui la confortait dans son impression que Stella n'était pas blanche comme neige et qu'elle devait s'en méfier. Cependant, aucune photo de sa sœur n'était dans ces feuillets, ces femmes avaient d'ailleurs plutôt l'âge de sa mère. Après avoir retourné la question dans tous les sens, elle finit par mettre le cahier de côté et poursuivit ses recherches.

Juste en dessous, elle trouva une grande boîte rouge. À l'intérieur, il y avait un album dans lequel étaient rangées des photos de Stella lorsqu'elle était petite, avec ses parents. Delhia s'attarda sur ces photos : Stella avait l'air d'une enfant heureuse et aimée. Rien de particulier ne transparaissait de ces clichés. Un peu avant la fin de l'album, Delhia trouva un article de journal plié en quatre. Elle le déplia et commença à le lire.

> « *Accident mortel sur la route des vacances*
> Nouvel accident mortel à la sortie de Lyon, en ce début d'été. D'après les premières constatations, un véhicule se serait déporté pour une raison inconnue, obligeant la voiture arrivant en face à faire une embardée. Cette dernière s'est alors encastrée dans un arbre bordant la nationale, faisant deux morts. Seule la jeune fille de 18 ans à l'arrière du véhicule a survécu au choc. L'autre voiture ne s'est pas arrêtée et le propriétaire n'a pas été identifié.
> Ce nouvel incident doit inciter une fois de plus à la prudence pour que vos vacances ne se terminent pas au détour d'une route. »

En tournant encore les pages, elle ne trouva plus aucune photo, seulement quelques cartes de condoléances. Ainsi les parents de Stella étaient morts dans cet accident à Lyon ! Quelle étrange coïncidence que ce soit dans la ville où Delhia avait habité étant enfant ! Et si l'un de ses parents en était à l'origine ?

Un frisson la parcourut. Non, cela n'était pas possible. Et pourtant, tout cela donnerait du sens à l'acharnement de Stella sur sa famille.

Lorsque le téléphone retentit dans l'appartement, Delhia se figea. Elle se sentit soudain prise au piège dans l'antre de l'enfer, avec des preuves à charge qui ne laissaient plus de place au doute. S'il s'agissait de Stella qui tentait de la joindre, elle ne saurait pas quoi lui dire, alors elle ignora cet appel ainsi que tous les suivants.

33

Le lendemain après-midi, en sortant de leur garde, Stella et François retrouvèrent Ishan qui les attendait devant l'hôpital. Il était très agité, ses mains tremblaient et son visage laissait penser qu'il n'avait pas dormi, mais personne ne fit de commentaire.

Ils partirent tous les trois silencieusement en direction du laboratoire et François entra chercher les tests. Ils décidèrent d'aller s'asseoir au jardin du Luxembourg juste à côté pour découvrir le résultat.

En ouvrant l'enveloppe, l'anxiété de Ishan était au plus haut. Il transpirait et sa respiration était courte et saccadée. Lorsqu'il parcourut le document, aucun son ne sortit de sa bouche, seule l'incrédulité se lisait sur son visage.

— Est-ce que le résultat est fiable ?
— Oui, à 99,98 %. Que dit-il ?
— Que Féanor est ma mère !
— C'est une bonne nouvelle, non ? souffla Stella.
— Oui, enfin, je crois. C'est juste que je ne comprends pas comment c'est possible, vu le registre des naissances et ce que m'a dit ma mère. C'est comme si je n'arrivais plus à savoir qui me ment et qui me dit la vérité.
— En tout cas, ce document ne peut pas chercher à te mentir, répliqua François un peu amusé.

Ishan lui lança un regard mauvais, mais retourna à ses réflexions. Il n'avait pas réussi à assembler correctement toutes les informations en sa possession et cela le rendait nerveux. Dès qu'il pouvait suivre une piste, il se sentait vivant et en action, prêt à atteindre la vérité, un but. Mais lorsqu'il arrivait dans une impasse, il avait l'impression qu'un fauve tournait à l'intérieur de lui comme dans une cage, et un air sauvage passait sur son visage.

Stella se risqua à une confidence :

— Ishan, j'ai quelque chose à t'annoncer, mais tu dois me promettre de rester calme. Hier, tu m'as parlé de ta sœur Delhia et je crois que je la connais.

— Comment ? C'est une blague ?

La lueur froide dans le regard de Ishan revint instantanément.

— Non, pas du tout, je l'ai rencontrée il y a seulement trois jours, tout à fait par hasard. Jusqu'à hier, j'ignorais qu'elle pouvait être ta sœur, mais plus le temps passe, plus je pense qu'il s'agit d'elle. Elle m'a parlé de l'incendie de votre maison et de ta disparition. Cependant, il y a un détail important qu'elle m'a donné et qui ne coïncide pas avec ta version. Elle m'a dit qu'elle avait une sœur et n'a jamais fait mention d'un frère.

— Cela n'a aucun sens. Et puis, c'est elle qui a disparu !

— Peut-être avez-vous cru tous les deux que l'autre avait disparu à ce moment-là.

— Non, c'est absurde. Et puis, pourquoi aurait-elle menti sur le fait qu'elle ait une sœur et non un frère ?

Un silence se posa entre eux. Stella était mal à l'aise, elle voulait lui demander s'il était au courant de ce que l'hôpital lui avait dit, mais ne souhaitait pas y aller frontalement.

— Ishan, ton bras, je crois savoir ce qui lui est arrivé.

— Pardon ? Je suis presque un inconnu pour toi et tu penses avoir décrypté tous les mystères de mon existence ? Est-ce que tu essayes de m'embrouiller ?

Ishan tremblait à nouveau. François, qui était resté silencieux, commençait à être inquiet des réactions de Ishan. Son agitation ne laissait rien présager de bon.

— Non, pas du tout, mais à l'hôpital de Marseille, lorsque je les ai appelés, ils m'ont dit que tu avais...

Stella ne put finir sa phrase ; Ishan s'était enfui, terrorisé, comme s'il avait vu un fantôme, laissant Stella et François dans une incompréhension totale.

Ils n'avaient pas fait attention au bruit de canette qui avait atterri dans la poubelle derrière leur banc juste avant que Ishan ne disparaisse.

Passé le moment de stupéfaction face à cette réaction très inattendue et irrationnelle, ils furent pris tous les deux d'un grand fou rire. Ishan ne cessait de les surprendre, et même si la situation n'était pas particulièrement drôle, la fatigue nerveuse avait eu raison d'eux et ils évacuaient la pression à leur manière.

Quand ils se calmèrent enfin, Stella aborda un sujet qui lui brûlait les lèvres.

— Sais-tu quand ils pourront avoir les autres résultats ?

— Demain matin à la première heure ; d'ailleurs, tu pourras y passer toi-même en allant travailler. Tu voudras que je vienne avec toi ?

— Non, c'est gentil, mais ce n'est pas la peine, je ne vais pas perdre la tête comme Ishan après avoir lu le résultat ! lui répondit-elle en souriant. Il ne tourne vraiment pas rond...

— J'ai même l'impression qu'il est comme un disque dur qui est resté bloqué, qui ne peut plus rien enregistrer et qui « bugue » en permanence. C'est tout de même un comble pour un informaticien, lança François pour détendre l'atmosphère. Enfin, s'il est bien ce qu'il prétend être.

Stella ne répondit pas. Elle semblait absorbée dans ses pensées.

— Et si nous rentrions ? proposa François. Je crois que nous avons mérité d'aller nous reposer.
— Tu as raison, d'autant que je n'ai pas eu de nouvelles de Delhia et que cela commence à m'inquiéter.

François passa son bras autour des épaules de Stella et ils partirent en direction de leur immeuble. Il l'accompagna même jusqu'à sa porte ; lui aussi était inquiet, mais davantage du fait que Stella n'ait pas fermé son appartement la veille. Il avait eu le temps de se faire tous les films possibles sur ce qui avait pu se produire durant son absence.

Le salon était dans l'état dans lequel ils l'avaient laissé. Tout était silencieux. Ils passèrent dans la cuisine, dans le bureau et dans la chambre. Il n'y avait personne. Mais Stella sentait un malaise, tout semblait à sa place et pourtant elle aurait juré que quelque chose entourait chaque objet d'un voile étranger. Quelqu'un était venu ici et avait touché à ses affaires, elle en avait la certitude. Était-ce Ishan qui était revenu pendant son absence ? Elle préféra ne pas en parler à François pour ne pas l'inquiéter.

Après l'avoir aidée à nettoyer les traces de l'accident de la veille, François rentra chez lui en lui faisant promettre de l'appeler avant de se mettre au lit pour le rassurer. Stella referma la porte à clé derrière lui, alla se préparer à manger et s'installa devant une série télévisée pour se vider l'esprit. Demain matin, l'autre test délivrerait son résultat.

Avant de se coucher, elle passa à la salle de bain et poussa un cri en allumant le plafonnier : Delhia était étendue sur le sol ! Elle regarda aussitôt si elle respirait encore. Oui, Delhia était vivante. Décidément, Delhia et son frère étaient tous les deux sujets à d'étranges symptômes. Elle tenta de la réveiller, mais en vain, elle semblait enfermée dans un profond sommeil. De plus, elle était diaphane, ce qui excluait de demander de l'aide à François, car il ne la verrait pas. Elle allait devoir se débrouiller par elle-même.

Soudain, elle repensa aux somnifères qu'elle avait remis à Ishan. Se pouvait-il qu'il soit revenu ici pour fouiller, qu'il ait trouvé Delhia et lui ait administré les somnifères ? Ce qui était sûr, c'est que Ishan n'avait pas une tête à avoir beaucoup dormi quand il était venu chercher les résultats cet après-midi et qu'elle sentait que quelqu'un avait touché à ses affaires. Mais pouvait-elle pour autant faire un raccourci si rapide ?

Elle transporta Delhia comme elle put dans sa chambre et l'installa sur le lit. Elle semblait profondément endormie et ne présentait aucun signe extérieur inquiétant. Stella ne voulait rien entreprendre avant d'avoir eu les résultats du second test, aussi décida-t-elle de la laisser allongée là et de voir si elle se réveillerait le lendemain.

Stella prit soin d'envoyer un message à François pour lui dire que tout allait bien…

34

Lorsque Stella se leva au petit matin, Delhia était toujours endormie et son teint était encore plus diaphane que la veille. Pourtant, elle ne voyait pas ce qu'elle pouvait y faire. Amener une femme fantôme à l'hôpital était la dernière chose qu'elle pouvait envisager. De plus, elle devait aller chercher les résultats du test. Cela lui permettrait peut-être d'y voir un peu plus clair dans tout cela et de savoir comment elle devait agir. Elle sortit rapidement de chez elle, ferma volontairement sa porte à clé et prit la direction du laboratoire.

L'enveloppe en sa possession, elle alla s'asseoir dans le jardin du Luxembourg. En l'ouvrant, ses mains tremblaient légèrement. Comme chaque fois que cela lui était arrivé, elle sentait l'adrénaline courir dans ses veines, un frémissement qui envahissait tout son corps. Elle relut le résultat à plusieurs reprises sans oser y croire. Après toutes ses tentatives, elle avait enfin la réponse à sa question !

Une douce euphorie s'empara d'elle et après avoir respiré le parfum matinal de sa victoire, elle s'empressa d'aller à l'hôpital pour commencer sa garde. Une porte s'ouvrait face à elle.

Quand Stella entra dans son service, une infirmière lui annonça que la patiente de la chambre 213 était décédée la veille en fin d'après-midi. Son cœur se serra instantanément. Comment était-ce possible ? Elle était si près du but et voilà que la vie se jouait d'elle et avait gagné la course contre la montre. Elle tenta de ne rien laisser paraître.

— Sais-tu vers quelle heure ?

— Attends, c'est inscrit sur son dossier : 17 h 30.
C'était au moment où Ishan avait eu les résultats du test ADN et qu'il s'était enfui. La vie était vraiment surprenante.
— Avez-vous prévenu son fils ?
— Oui, nous lui avons laissé un message, mais il n'est pas encore venu. Si tu le vois aujourd'hui, il y a une enveloppe à lui remettre, de la part de sa mère. Nous avions l'instruction de ne pas lui donner tant qu'elle était en vie.
— Je n'étais pas au courant. De quoi s'agit-il ?
— Le prêtre nous l'a confiée après l'avoir confessée. Il a probablement retranscrit ses paroles pour laisser un dernier message à sa famille.
Elle fit une pause, en regardant Stella plus intensément. Elle était pâle.
— Tu as une petite mine, quelque chose ne va pas ce matin ?
— Oh, ce n'est rien, juste une nuit un peu agitée, mais tout va bien je t'assure.

Quand l'infirmière fut partie, Stella prit l'enveloppe dans ses mains. C'était une grande enveloppe kraft, sur laquelle était inscrit :

« À remettre à ma famille quand je ne serai plus.
Féanor »

Étant donné ce qu'elle savait, elle voulait absolument l'ouvrir pour vérifier de quoi elle parlait à ses enfants et qu'elle ne souhaitait pas qu'ils apprennent de son vivant. Mais elle fut interrompue par la sonnette d'une des chambres et reposa l'enveloppe à contrecœur. Elle y reviendrait plus tard.
Malheureusement pour elle, la matinée fut très mouvementée et elle ne trouva pas la moindre minute pour s'y consacrer. Tout

en s'acquittant de ses tâches, elle priait pour que Ishan ne vienne pas avant qu'elle ait pu s'enquérir de ce que contenait le courrier.

La pause de midi arriva et elle put enfin prendre un moment pour s'enfermer à l'abri des regards dans les toilettes. Elle découvrit deux enveloppes blanches à l'intérieur de celle en kraft. La première était destinée à Ishan et l'autre n'avait aucune inscription. Elle décida de commencer par cette dernière et l'ouvrit délicatement.

« *À toi que je connais si peu.*
Si tu as cette lettre entre les mains, c'est que quelqu'un a retrouvé ta trace.
Je ne suis pas fière de ce que j'ai fait, mais à défaut de ma présence, j'espère pouvoir aujourd'hui t'apporter quelques explications sur ce qui m'a poussée à agir de la sorte à cette époque.

Ma petite fille. C'est toi qui es née la première. Tu étais belle et énergique. J'ai tout de suite su que tu te débrouillerais très bien et que la vie prendrait soin de toi. Tu avais dans le regard cette détermination que rien ne peut ébranler. Tu étais la vie même.
Puis ta sœur est née, frêle et fragile et même si mon cœur t'avait déjà fait une place, je ne pouvais pas la laisser sans défense, elle n'était pas aussi bien armée que toi face à ce monde.
Je ne sais pas si un jour tu pourras me pardonner, mais à ce moment-là, je n'avais pas la force pour élever deux petites en même temps. J'étais seule dans ce pays qui n'était pas le mien, sans situation ni argent et tellement démunie que cela me semblait trop lourd à porter pour mes faibles épaules.

Je me suis résolue à ce choix douloureux dans lequel le service spécialisé de l'hôpital de Lyon m'a accompagnée sans jamais me juger. Ils m'ont expliqué les options qui s'offraient à moi, m'ont apporté le soutien d'un psychologue dont j'avais besoin et surtout, ils ont permis que tu sois placée dès ta naissance dans les meilleures conditions possibles. Je n'essaye pas d'excuser mon geste, mais sache que si j'ai fait cela par désespoir, je l'ai aussi fait par amour pour toi, pour te protéger.

J'ai écrit une autre lettre adressée à ta sœur, j'espère que tu pourras également la lire pour en apprendre un peu plus sur ma vie et mes erreurs, pour ne pas reproduire les mêmes.

J'ai toujours vu dans mes visions que je te retrouverais avant de mourir, belle et adulte, heureuse et épanouie et que nous passerions quelques jours ensemble avant de quitter ce monde. Mais il semblerait que la vie n'ait pas voulu qu'il en soit ainsi.
J'aurais tellement aimé savoir quel était ton prénom, redécouvrir ton regard, ton visage. Mais tu resteras ma petite fille, celle qui avait des étoiles de vie dans les yeux.

Mon enfant, j'espère qu'un jour ton cœur saura accueillir mes faiblesses et me pardonner là où j'en ai été incapable. Pas une seule journée ne s'est passée sans que je pense à toi. Même sans avoir pu te connaître, mon cœur t'a aimée, à sa façon.
Féanor »

Stella sentit que des larmes coulaient dans son cœur.
Féanor avait un bon fond malgré tout ce qu'elle avait pu faire subir à ses enfants. Elle n'était pas que le monstre que Ishan lui avait dépeint.

Elle sursauta quand une de ses collègues frappa à la porte des toilettes.
— Stella ? Tu es là ?
— Oui, oui, j'en ai pour deux minutes.
— Sais-tu où est l'enveloppe pour le fils de la 213 ? Impossible de mettre la main dessus et il est arrivé.
— Heu, non, mais je vais t'aider à la chercher.
— Merci.

Stella se sentit prise au piège. Elle voulait lire la seconde lettre, mais il était trop tard. Elle rageait. Le temps jouait encore contre elle. Elle ne pouvait pas non plus revenir avec l'enveloppe à la main, cela paraîtrait suspect. À défaut de mieux, elle la cacha dans son dos sous sa blouse, coincée dans la ceinture de son pantalon, puis elle ressortit pour aider sa collègue dans sa recherche. Elle trouverait un moyen de la faire réapparaître sans être vue.

Lorsqu'elle se retrouva face à Ishan, elle n'était pas à l'aise, mais celui-ci semblait encore plus nerveux. Il savait que sa mère lui avait laissé un courrier et cela l'inquiétait autant que cela lui donnait l'espoir d'avoir une explication sur sa naissance. Il ne fit aucune allusion à sa fuite de la veille et Stella se garda bien de poser la moindre question.

Elle lui proposa d'aller prendre les affaires de sa mère pendant qu'elle allait lui chercher la fameuse enveloppe. Le tri serait rapide, Féanor n'avait que très peu d'effets personnels en arrivant et tout avait été regroupé dans un carton depuis la veille. Elle lui indiqua le chemin et alla rejoindre l'autre infirmière qui recherchait depuis plusieurs minutes sans succès ce que Stella cachait encore dans son dos. Stella fit mine de l'aider pendant

quelques secondes et lorsque sa collègue eut la tête enfoncée dans un placard, elle sortit l'enveloppe d'un geste rapide et l'intercala dans la pile du courrier prêt à partir.
— As-tu vérifié dans la bannette du courrier arrivé et à envoyer ? demanda Stella.
— Non, mais je ne vois pas pourquoi elle y serait.
— On ne sait jamais, je vais regarder. Non, pas ici ; pas là non plus. Tiens, la voilà !
— Oui, c'est bien celle-là ! Comment a-t-elle pu atterrir ici ?
— Je l'ignore, mais l'important c'est de l'avoir retrouvée, répondit Stella faussement triomphante.
— Oui, c'est vrai, merci. Est-ce que tu veux lui apporter ?
— Bien sûr, je m'en charge.

Stella alla rejoindre Ishan qui piétinait nerveusement avec un petit carton assez léger dans les mains, sans trop savoir ce qu'il allait en faire. Il ne s'était pas décidé à regarder dedans, comme si un monstre maléfique pouvait en sortir. Il fut presque soulagé que Stella arrive si rapidement. Elle lui remit l'enveloppe kraft et Ishan posa le carton. Il la tourna dans ses mains de la même façon qu'il l'avait fait avec la boîte de souvenirs de Féanor. Stella l'invita à l'ouvrir, mais il ne se sentait pas prêt. Il préférait être seul pour lire ce que sa mère avait à lui dire.

Il la salua en la remerciant pour son aide et promit de repasser le lendemain pour les dernières formalités. Puis il prit lentement le chemin de son hôtel, le carton et l'enveloppe dans les bras.

35

Ishan ne tenait pas en place dans sa chambre. Il allait et venait vers l'enveloppe, sans arriver à vaincre les monstres qui semblaient s'en échapper. Une lutte intérieure faisait rage.

Pourtant, après de multiples tergiversations, il l'attrapa d'un geste saccadé et la déchira sur un côté. Il y trouva une autre enveloppe plus petite qu'il décacheta tout aussi nerveusement. Dans son agitation, il ne s'aperçut pas que celle-ci avait déjà été ouverte.

À la fin d'une lecture fébrile, il sentit revenir en lui de la haine et du mépris pour sa mère. Cette lettre ne lui était pas destinée, ou elle délirait complètement lorsqu'elle l'avait fait transcrire. Elle parlait d'une petite fille qu'elle avait abandonnée à la naissance et n'avait jamais revue, alors qu'il était un garçon et qu'il avait quelques bribes de souvenirs d'une enfance passée avec elle. Rien ne collait. Sa mère avait définitivement perdu la raison, ce ramassis de mensonges le prouvait une nouvelle fois, s'il en était besoin.

Plus il avançait dans ses recherches, plus Ishan craignait de devenir comme son père. Était-il lui-même en train de devenir fou ? Il se demandait si ce qu'il prenait pour la réalité l'était vraiment. Il songea un instant à aller chez Stella pour avoir des explications, mais que pourrait-elle lui dire de plus ? Elle ne semblait pas avoir d'informations particulières sur sa mère. De rage, il envoya valser la boîte de Pandore dans un coin de sa chambre, convaincu qu'il ne tirerait rien non plus de ces oripeaux que sa mère lui avait légués. Bousculé par le carton, son petit carnet tomba au sol et glissa sous son lit sans qu'il le remarque. Bien qu'il ne le sache pas encore, Ishan était sur le point de clore un pan important de sa vie. Pour renouer avec lui-même et son passé, il devait réapprendre à se faire confiance et cela allait se faire à travers la perte de ce carnet, béquille de sa mémoire pendant ces quatre dernières années. La mort de sa mère était une étape de sa vie à lui aussi et marquait la fin d'une période.

Cependant, pour l'instant, il se sentait dans une impasse. Ses pensées s'agitaient dans tous les sens. Il serra entre ses doigts son médaillon et trouva un peu d'apaisement. Il était heureux de l'avoir retrouvé : c'est comme s'il avait de nouveau une bouée à laquelle se raccrocher, une preuve de son existence et de son appartenance à une lignée, quelle qu'elle soit ; ce médaillon qu'il n'avait jamais quitté auparavant. Il ne comprenait pas comment il avait pu perdre son éclat en une journée, mais en le frottant vigoureusement, il avait recouvré sa brillance. Tout à sa joie, il avait un peu vite tourné la page.

36

Delhia ouvrit les yeux ; elle se sentait nauséeuse et faible. Elle constata qu'elle était dans le lit de Stella, mais ne se souvenait pas comment elle y était arrivée. Son cerveau était un peu embrouillé. Elle referma les paupières et tenta de replonger dans les derniers évènements de la nuit précédente...

Lorsque Delhia était passée dans la salle de bain avant de se coucher, elle avait cherché de quoi se nettoyer le visage. En ouvrant un tiroir, elle avait attrapé un tube de crème et avait été stupéfaite de découvrir à nouveau juste en dessous, un autre médaillon identique au sien !

En portant la main à son cou, elle avait constaté que son médaillon à elle était bien là. Cette fois-ci, elle avait la preuve que le second médaillon qu'elle avait trouvé était celui de sa sœur disparue ; il n'y avait plus aucun doute possible. Il était un peu terne, mais c'était le même.

Cette nouvelle information était venue s'ajouter à tout ce qu'elle avait découvert depuis la fin d'après-midi et les pièces du puzzle faisaient sens. Peu importe si elle mettait sa vie en danger en restant là, elle devait revoir Stella et connaître la vérité.

Mais l'instant d'après, elle avait été prise d'un vertige. Elle s'était rattrapée au rebord du lavabo et était restée assise par terre un instant. Elle tremblait et se sentait totalement vidée de son énergie, incapable de bouger.

Ce qu'elle ne savait pas, c'est qu'au même moment, Ishan était entré dans l'appartement, la porte n'étant toujours pas verrouillée. Il avait regardé rapidement dans toutes les pièces, balayant du regard le sol, les meubles du salon et de la cuisine, puis s'était dirigé vers la salle de bain. L'appartement lui avait semblé sinistre et hostile et il souhaitait y rester le moins longtemps possible. Ses yeux s'étaient écarquillés lorsqu'il avait découvert le médaillon sur le rebord du lavabo ! Il avait trouvé ce qu'il était venu chercher : son médaillon ! Il l'avait remis autour de son cou et s'était senti instantanément plus léger. Il était reparti aussitôt de chez Stella, sans se douter qu'il avait frôlé le bras de Delhia et sans s'être rendu compte que la plaquette de somnifères s'était échappée de sa poche.

Delhia avait mis un certain temps à reprendre de la vitalité. De longues minutes étaient passées sans qu'elle ait pu se relever, comme si une force invisible l'avait clouée au sol. Puis le sang s'était mis à pulser sous son crâne, lui déclenchant un violent mal de tête.

Lorsque ses jambes avaient à nouveau accepté de la porter, elle avait ouvert les placards à la recherche d'une boîte de paracétamol, qu'elle avait trouvée presque aussitôt. Mais dans un geste maladroit, l'emballage lui avait glissé des mains. Elle s'était penchée pour ramasser la plaquette qui était sortie de l'emballage, avait pris deux comprimés avec un grand verre d'eau et avait respiré profondément.

Elle s'était sentie un peu mieux même si elle savait que la molécule n'avait pas pu faire effet si rapidement. Elle avait néanmoins gardé le reste de la plaquette dans sa poche, en cas de besoin dans la nuit ou au petit matin.

Se rappelant le second médaillon qu'elle avait découvert avant son malaise, elle avait balayé des yeux le lavabo : il n'y était plus. Il était peut-être tombé à ce moment-là ? Elle s'était agenouillée, avait fouillé le sol aussi minutieusement qu'elle avait pu, mais il n'y avait rien à part une autre plaquette de paracétamol qui avait glissé sous le meuble. Elle s'était relevée et avait soulevé la bonde de l'évier : il était peut-être tombé dedans. Comme elle n'avait toujours rien trouvé, elle s'était mise à démonter le siphon en dessous ; il était forcément quelque part.

Malgré tous ses efforts, le médaillon était resté introuvable. Elle s'était assise par terre pour se calmer et réfléchir de manière logique à la mystérieuse disparition de ce médaillon. Mais elle s'était soudainement sentie très fatiguée. Son corps était devenu de plus en plus lourd et même si sa tête lui intimait d'aller dans la chambre pour s'allonger, ses jambes avaient refusé de lui obéir. Quelques minutes plus tard, elle s'était endormie à même le sol dans la salle de bain sous l'effet des somnifères.

Rentré à son hôtel, Ishan avait cherché en vain ses somnifères. Même s'il était nerveusement à bout de forces, il n'arrivait pas à trouver le sommeil.

À 3 heures du matin, il avait décidé de sortir au lieu de tourner comme un fauve en cage. Il n'était pas loin du canal Saint-Martin, les rives étaient désertes et cela lui convenait parfaitement. Il avait avancé longtemps en suivant la berge, puis était parvenu au bassin de la Villette. Après une heure de marche, il avait fait le même chemin en sens inverse. L'eau avait lavé une partie de son anxiété. Ses traits étaient moins crispés. Il pensait qu'il réussirait à dormir quelques heures et ainsi à reprendre des forces pour la journée du lendemain. Alors qu'il n'était plus qu'à 10 minutes de son hôtel, un bruit sourd avait attiré son attention. Pourtant, il ne voyait personne. D'instinct, il s'était immobilisé ; il avait un drôle de pressentiment, une impression de déjà-vu sans comprendre réellement ce qui l'attendait. Le bruit avait recommencé, plus proche, plus net : il se pétrifia. Ce bruit, il l'avait reconnu aussitôt, celui si particulier d'une canette vide roulant sur le sol. La peur d'être agressé lui éclata dans le cœur avec une violence inouïe, le sang battait dans ses tempes à en faire siffler ses oreilles, ses mains étaient moites et il avait dans la bouche un goût de fer. Ce bruit l'avait ramené instantanément un an auparavant, sur la Canebière : le même bruit de canette, puis les rires mauvais de ce groupe de jeunes qui avançaient vers lui, menaçants. Tout lui revenait en mémoire. Il revoyait les chaussures de sécurité qui lui rentraient violemment dans le ventre, lui déchiraient le dos et les jambes. Il tentait de se protéger avec ses mains, recroquevillé au sol, mais les coups pleuvaient de toutes parts. Une semelle lui écrasait le visage sur le bitume et du sang coulait de son nez. Les rires gras résonnaient dans ses oreilles quand l'un d'eux avait ouvert sa braguette : « Tu veux la sucer ? » avait-il entendu avant de sentir le liquide chaud se répandre sur sa figure et son corps. Les rires redoublaient. Il ressentait dans sa chair les déchirures provoquées par les renforts en fer de certaines de leurs chaussures, des morsures violentes qui lui arrachaient chaque fois un cri de douleur. Une nouvelle pluie de coups s'était abattue sur lui, beaucoup plus violente encore, jusqu'à ce qu'il ne réagisse plus du tout. Son dernier souvenir de cette scène était le visage de Delhia, triomphante, à l'autre bout de la rue, alors que les jeunes s'éloignaient…

Et si, à nouveau, c'était elle qui se trouvait là ce soir… Il s'en voulait d'être sorti de nuit dans un quartier qu'il ne connaissait pas. Il n'avait pas eu le temps de faire un pas de plus qu'un chien lui avait fait face. Il était énorme et montrait les dents : il était prêt à attaquer.

Mais il n'avait pas eu le loisir d'y penser davantage ; le chien lui avait sauté dessus et sa tête avait cogné violemment le sol.

Lorsqu'il avait repris ses esprits, le chien était toujours au-dessus de lui, mais au lieu de le mordre, il s'était mis à lui lécher le visage. Il distinguait la silhouette d'un homme à ses côtés. Sa vision était peu à peu devenue plus nette et il avait reconnu son père.

— Papa ? Mais… qu'est-ce que tu fais là ? demanda-t-il avec une drôle de voix.

— Ne bouge pas, ta tête a heurté le sol et tu saignes. Laisse-moi regarder.

— Papa, tu sais, j'ai réussi à retrouver Maman, mais elle est à l'hôpital, dans le coma, et elle va bientôt mourir. Elle n'a rien voulu me dire et nous n'avons pas pu nous réconcilier. Pourtant, j'ai tenté, je te jure que j'ai tenté. Pourquoi ne m'a-t-elle jamais aimé ? Parce que je ne suis pas son fils ? Même aux portes de la mort, elle n'a pas pu ravaler sa rancœur, il a fallu qu'elle me blesse encore une fois. Papa, qu'est-ce que je lui ai fait ? Pourquoi n'a-t-elle toujours eu d'yeux que pour Delhia ? Je ne suis pas le diable, ce n'est pas moi qui ai mis le feu à la maison. Lorsque je m'en suis rendu compte, il était déjà trop tard. Moi aussi j'ai tout perdu. Au fond de moi, je savais que je ne pourrais jamais revenir, même si je vous aimais plus fort que tout. Vous m'avez chassé de vos vies, par votre attitude vous m'avez contraint à la solitude. C'est toute notre famille qui est partie en fumée ce jour-là. Papa, est-ce que tu te souviens de ce soir où j'étais malade et que tu étais venu sur mon lit ? J'avais de la fièvre, je délirais. Mais toi, tu étais à côté de moi, calme, et tu avais passé ta main dans mes cheveux en m'appelant ton ange et en me jurant que j'avais une belle vie devant moi, pleine de promesses, meilleure que la vôtre. Que là où j'étais, personne ne pourrait me faire du mal, puisque vous étiez ici pour me protéger, à l'abri des fantômes du passé. Est-ce que tu te souviens ? Moi, j'ai presque tout oublié de mon enfance, pourtant je me rappelle très bien ce moment-là. Et j'ai mal chaque fois que ce souvenir revient dans ma mémoire, car tout cela est tellement faux. Ma vie est hantée de fantômes, de peur et de solitude.

À la fin de ce flot de paroles abyssal, sa voix se brisa dans un sanglot. L'homme à ses côtés semblait triste également. Il posa une main sur son épaule, mais ne savait que dire. Le coup à la tête avait dû être plus fort qu'il ne l'avait pensé et le jeune homme délirait.

— Est-ce que tu veux que j'appelle les secours ?

Ishan avait tourné la tête vers cette voix qu'il ne reconnaissait plus :

— Qui êtes-vous ? demanda-t-il d'un air perdu en comprenant qu'il venait de se confier à un inconnu.

— Je suis désolé, je n'ai pas vu mon chien partir et ce n'est que lorsque je t'ai entendu crier que j'ai deviné ce qui s'était passé. Veux-tu que je contacte les pompiers ?

— Non, ça va, maugréa Ishan qui sentait un hématome douloureux à l'arrière du crâne.

Il n'avait pas envie d'aller à l'hôpital, cela lui rappelait trop sa mère. Au bout de quelques secondes, il avait fini par se mettre assis, mais la tête lui tournait.

— T'as pas l'air d'avoir eu une vie facile, petit, reprit l'homme à ses côtés.

Ishan avait regardé cet inconnu en le détaillant : sous son apparence bourrue, il avait une lueur indéfinissable dans le regard, qui le rendait doux et rassurant, presque familier. Ishan était épuisé. Il avait fermé les yeux un instant. Après un soupir, il avait chuchoté, presque comme pour lui-même :

— Mon père est devenu fou, ma mère, qui n'est peut-être pas ma mère, est agonisante et ne m'aime pas, et mes parents pensent que j'ai mis le feu à notre maison et que ma sœur y est morte par ma faute. En plus de tout cela, j'ai des trous de mémoire gigantesques et j'ai peur de prendre le même chemin que mon père. Comment continuer à aimer la vie dans ces conditions ?

— Au moins, tu as eu une famille. Moi, j'ai grandi en passant de foyer en foyer, à me demander si un jour mes parents reviendraient me chercher, comprenant qu'ils avaient fait une erreur en m'abandonnant, et qu'ils m'aimaient plus que tout. Mais bien sûr, ce n'est jamais arrivé. Quoique la vie te propose, elle le fait parce qu'elle sait que tu es capable de l'affronter et d'en ressortir plus fort. Il ne tient qu'à toi d'avoir le courage de modifier ton regard sur ta vie. Si tu ne peux pas changer le monde, tu peux transformer ta façon de le voir. Tu n'as presque plus de souvenirs ? Tu peux choisir de t'apitoyer sur ton sort ou te dire que tu es une page blanche sur laquelle tu as la liberté d'écrire ce que tu souhaites. Je ne saurai jamais ce que c'est que de perdre mon père ou ma mère, car je n'en ai jamais eu, mais je sais ce que c'est que de voir disparaître des êtres que j'aime. Ta vraie famille est celle que tu as dans ton cœur, qu'elle soit du même sang ou non. Ce sont tous ceux qui sont sur ton chemin et qui t'aident à te révéler à ta vraie nature et à faire ce pour quoi tu es sur cette terre. À accomplir ta mission de vie.

— Ma mission de vie ?

— Chacun de nous est sur terre pour accomplir quelque chose, même s'il l'a oublié. Lorsque tu comprends pourquoi tu es là, ta vie devient plus vivante et créatrice, car tu as un but réel.

— Et toi un beau jour, tu t'es réveillé comme Einstein avec une idée de génie « ça y est, je sais ce que je suis venu faire sur terre ! », répliqua Ishan sur un ton ironique.

Le vieil homme avait eu un petit sourire et avait répondu avec une étincelle de malice dans les yeux :

— Presque. Un matin, je me suis réveillé sous un pont, encore ivre de mes excès de la veille et en marchant un peu trop près de l'eau, j'y suis tombé et j'ai failli me noyer. Je suis resté une semaine dans le coma. Parfois, lorsque l'on regarde la mort de si près, nos petits soucis nous semblent insignifiants face à la beauté du ciel et des arbres. J'ai compris que c'était aujourd'hui que je devais vivre pleinement et aimer les gens. Je n'ai pas de grandes prétentions, mais chaque sourire sur mon chemin est un trésor, une raison d'aimer la vie. Alors moi aussi je sème des trésors le plus souvent possible.

En disant cela, il avait un sourire d'une extraordinaire intensité, à l'image de ce qu'il portait en lui : un amour absolu, inconditionnel. Ishan, qui d'ordinaire lui aurait ri au nez pour cacher son malaise, resta muet. Il regardait cet étrange personnage comme s'il était sorti tout droit de son imagination. Il avait fermé les yeux comme pour vérifier qu'il ne dormait pas : non, il était totalement réveillé. Après un long temps de silence, le vieil homme lui avait tapoté l'épaule.

— Bientôt, tu trouveras ta voie, ne t'en fais pas. Allez, je vais t'aider à te relever. Attrape ma main.

Le contact chaud de sa peau faisait du bien à Ishan. Il percevait l'énergie qui revenait en lui, comme un courant qui passait de la main du vieil homme à la sienne. Il ne s'en était pas défendu ; à travers cet homme, c'était un peu de son père qu'il retrouvait. Il avait réussi à se remettre debout et avait fait quelques pas, sans lâcher ce contact rassurant. Très vite, il s'était senti mieux, il serait capable de marcher jusqu'à son hôtel. L'inconnu s'était arrêté, avait pris dans ses deux mains celle d'Ishan et avant de s'en aller dans la nuit, il lui avait murmuré avec un dernier sourire :

— Prends soin de toi, mon enfant.

37

À la fin de sa journée de travail, Stella nota le numéro de Ishan dans son téléphone et salua ses collègues comme n'importe quel autre jour. Pourtant, elle savait que ce soir allait être un soir particulier.

En arrivant devant l'immeuble, elle aperçut de la lumière dans son appartement et comprit que Delhia s'était réveillée. C'était un très bon point de départ. Avant de rentrer chez elle, elle fit une halte pour demander son aide à François. Maintenant qu'elle avait toutes les cartes en main, elle sentait qu'elle allait pouvoir passer à l'action. Stella expliqua rapidement à François la situation et ce qu'elle attendait de lui. Bien que très sceptique sur ce qu'elle lui apprenait concernant l'impermanence physique de Delhia, il décida pourtant de lui apporter une fois encore son soutien. Puis elle appela Ishan pour lui demander de venir ; étant donné les arguments avancés, ce dernier accepta.

François prêta à Stella une petite caméra qui filmerait la scène, pour conserver un souvenir de cette soirée ou pour avoir des preuves si tout ne se déroulait pas suivant ses plans. Secrètement, il prépara également une seringue dans sa poche au cas où Ishan aurait un nouveau coup de sang.

Stella pénétra seule dans son appartement, posa la caméra sur le meuble de l'entrée en direction du salon et enclencha l'enregistrement. Puis elle appela Delhia, qui apparut après quelques secondes à la porte de la cuisine. Elle était très méfiante et avait un couteau très mal caché dans le dos. Stella comprit qu'elle avait probablement trouvé dans ses affaires des choses qui l'avaient effrayée. Pourtant, elle tenta d'en faire abstraction et s'adressa à elle de la manière la plus détendue possible.

— Delhia, je suis heureuse que tu sois réveillée. J'étais inquiète pour toi hier, mais tu sembles en forme.

— Parce que tu préfères me tuer de tes propres mains, comme tu l'as fait avec ma sœur ?

— Delhia, ne sois pas stupide. Au fond de toi, tu sais bien que je ne te veux aucun mal, ni à toi ni à personne.

— Alors comment se fait-il que j'aie retrouvé son pendentif dans ta salle de bain ? Le même que le mien ! dit-elle en lui montrant celui qu'elle avait autour du cou.

— Ce pendentif ? C'est celui que mes parents m'ont offert lorsque j'étais petite. Tu n'as pas pensé qu'il pouvait être fabriqué en de très nombreux exemplaires ?

— Quel curieux hasard ! Et comment expliques-tu ce que j'ai trouvé dans la penderie de ta chambre ? S'il te plaît, arrête de me mentir et de faire l'hypocrite avec moi après ce que j'ai vu. Je veux que tu me dises la vérité.

Stella fit une pause. Elle respira profondément et commença :

— Delhia, j'ai retrouvé la personne que tu as perdue dans l'incendie, mais cela ne s'est pas passé comme tu le penses. S'il te plaît, laisse-moi parler et ensuite, tu pourras juger par toi-même.

— Ah, enfin, tu avoues ! répliqua Delhia d'un air triomphant et accusateur.

— Delhia, calme-toi et écoute ce que j'ai à te dire.

Stella invita Delhia à s'asseoir sur le canapé et elle s'installa dans un fauteuil en face. Méfiante, Delhia accepta et glissa le couteau derrière elle, dans le creux de l'assise.

— Ok, je t'écoute.

— Avant cela, j'ai besoin que François nous rejoigne.

— Quel est son rôle dans tout cela ?
— Il sera simplement là pour m'aider à t'accompagner, même s'il ne peut pas te voir.
— Je suis à nouveau diaphane ? demanda Delhia, aussi inquiète que démotivée.
— Oui, malheureusement.
— Alors quel intérêt qu'il vienne si je suis transparente à ses yeux ?
— Quelqu'un va bientôt arriver et ses réactions sont parfois imprévisibles.
— La personne qui était là l'autre jour ?
Faisant mine de ne pas avoir entendu sa question, Stella haussa la voix et appela :
— François !

François entra dans l'appartement. Il n'était pas très à l'aise à l'idée que Delhia puisse être dans la pièce et qu'il ne la voie pas. Il alla s'asseoir sur un fauteuil à côté de Stella et attendit.
— Delhia est de ce côté du canapé. Tu ne vois rien, je suppose ?
— Si, un canapé ! lança François pour détendre un peu l'atmosphère.
Stella soupira. Delhia pour sa part, esquissa un sourire ; François, par sa simple présence, la rassurait et l'apaisait.
— Comme je le disais, quelqu'un va bientôt arriver et avant qu'il ne soit là, j'aimerais te donner quelques informations. Mais tout d'abord, j'ai une question : avant-hier, après l'altercation dans mon appartement, as-tu reconnu l'homme qui était allongé sur le sol ?
— Je n'ai vu personne. Vous agissiez comme s'il y avait quelqu'un d'autre dans la pièce, mais pour moi, il n'y avait que vous deux.

— Pourtant, tu l'as regardé avec une telle intensité avant de t'enfuir que j'aurais juré que tu le connaissais.
— Pourquoi ? Qui était-ce ? demanda Delhia.
— Qu'est-ce qu'elle a dit ? questionna François, frustré de ne pouvoir entendre que la moitié de la conversation.
— Qu'elle ne peut pas voir Ishan !
— Et tu crois que c'est réciproque ?
— Nous allons bientôt le savoir.
— Qui était-ce ? reprit Delhia. Qui est ce Ishan ?
— Tu m'as parlé de ta sœur disparue, as-tu des souvenirs très précis ou est-ce que ta mémoire est un peu floue ?
— Mes souvenirs sont de moins en moins clairs avec le temps qui passe, mais je ne vois pas en quoi c'est important.
— Parce que j'ai l'impression que tu as occulté quelques détails et non des moindres.
— Comme quoi ?
— J'ai rencontré Ishan il y a quelques jours, il a également perdu sa sœur dans un incendie, une sœur qui s'appelle Delhia, comme toi. Suite à l'incendie, il est parti de la maison sans jamais y revenir. Je pense que c'est la personne que tu cherches depuis tout ce temps.
— Mais cela n'a aucun sens, je n'ai jamais eu de frère !
— Tu le dis toi-même, tes souvenirs sont partiels : ta mémoire morcelée pourrait te faire voir des choses différemment de ce qu'elles étaient en réalité.
— Non, à ce point-là, c'est impossible.

C'est à ce moment-là que quelqu'un frappa à la porte. Ishan allait rentrer dans la partie.
Pendant que François se levait pour aller ouvrir, Stella ajouta :

— Un dernier détail important, Delhia : Ishan peut avoir des réactions un peu inattendues et parfois violentes. Alors, au cas où, comme François, il ne puisse pas te voir, nous trouverons un moyen de communiquer toutes les deux pour ne pas le perturber ni l'inquiéter. Mais s'il te plaît, tu dois me faire confiance.

Delhia était confuse et ne savait pas ce qu'elle pouvait croire. Mais que pouvait-elle faire à présent si ce n'est attendre la suite des évènements ? Elle respira profondément et fit un signe de la tête pour donner son accord.

38

François ouvrit la porte et Ishan entra dans l'appartement. Il balaya la pièce des yeux et fixa Stella, interrogateur ; il était nerveux.

— Merci d'être venu, Ishan, assieds-toi.

Elle lui indiqua une extrémité du canapé et il s'y installa. À aucun moment, il ne regarda Delhia à l'autre bout.

Si ces deux-là ne pouvaient ni se voir ni s'entendre, cela n'allait pas faciliter les évènements à venir. Mais cette fois-ci, par chance, Delhia ne ressentit aucun malaise en étant à côté de Ishan, comme si la présence de Stella ou de François équilibrait les énergies qui entraient en lutte et apaisait l'influence sombre de Ishan.

— Je t'écoute. Qu'est-ce que tu as à me montrer concernant ma mère et que tu prétends être si important ?

— Avant que je parte de l'hôpital, commença Stella, j'ai retrouvé une autre enveloppe avec ton nom écrit dessus, de la main du prêtre. Elle avait glissé sous le bureau des infirmières. Je ne sais pas comment c'est arrivé, mais elle est pour toi et j'ai pensé que tu voudrais en prendre connaissance.

François se leva pour lui donner la seconde lettre. En chemin, il s'arrêta pour préciser :

— Par contre, nous te demandons de la lire ici, avec nous et ce n'est pas négociable.

Ishan eut un instant d'hésitation. Il était nerveux à l'idée de ce qu'il pourrait découvrir et avait envie d'intimité. Mais il voulait avoir cette lettre et finit par acquiescer.

Delhia ouvrit de grands yeux en voyant l'enveloppe tenir toute seule dans les airs. Ainsi Ishan existait bien, ils lui avaient dit la vérité. Elle interrogea aussitôt Stella :
— De quoi s'agit-il ? Est-ce que cela me concerne ?
Stella lui fit un signe discret de la tête, l'incitant à se joindre à Ishan pour la lecture.
Delhia se rapprocha ; elle se sentait un peu vacillante et appréhendait ce qu'elle allait découvrir. Cette enveloppe qui flottait au-dessus du canapé et cet homme invisible avec lequel Stella et François parlaient, rien de tout cela n'était de nature à la rassurer. Ishan regarda l'inscription sur l'enveloppe :

« ISHAN
À ouvrir en premier »

Fébrile, il la décacheta et y trouva une lettre. En la dépliant, le premier mot qu'il découvrit fut le prénom de Delhia. Sa mère se moquait de lui une fois de plus ! Il sentit l'énervement reprendre aussitôt le dessus, mais l'envie de savoir ce qu'elle avait encore à dire était trop forte et il commença à la lire, en même temps que Delhia.

« Delhia,
Mon enfant. Je sais que tu espérais un autre prénom que celui-ci sur cette lettre et pourtant, encore maintenant, alors que je vais bientôt partir, cela m'est impossible de t'appeler autrement. Cependant je me dis que tout cela est en partie de ma faute.
Le jour de ta naissance a été le plus difficile qu'il m'ait été donné de vivre.
Presque toute ma vie, je me suis tue. Même ton père n'a rien su pendant plus de 20 ans. Mais aujourd'hui, avant de

disparaître, je te dois la vérité, parce que ce secret m'a rongée de l'intérieur et j'en crève réellement. Pardonne-moi de ne pas avoir pu te le dire en face, mais je sais que je n'aurais pas pu supporter ton regard.

Vous étiez deux à grandir en moi, cachées aux yeux de tous et même aux miens.

Je ne l'ai appris que quelques jours avant l'accouchement, alors que des crampes me tenaillaient le ventre, presque deux mois avant la date estimée de mon terme. J'avais peur et je suis allée dans un hôpital. C'est là-bas qu'ils m'ont annoncé que j'allais accoucher très prochainement de deux petites filles. J'ai également découvert que le terme estimé en Inde était faux, que le terme réel n'était que dans quatre semaines et que je ne l'atteindrais pas.

Le monde s'est écroulé autour de moi : je n'avais pas d'argent, pas de toit sur la tête ; ton père, resté en Inde, n'était pas encore arrivé en France et je craignais de plus en plus qu'il ne vienne jamais me rejoindre ; je n'avais aucune famille pour m'épauler, tout m'effrayait dans ce pays où j'étais une étrangère déracinée au milieu d'une foule hostile, ou au mieux indifférente. Je me sentais perdue, débordée par le moindre détail, alors élever deux enfants en même temps, c'était totalement au-dessus de mes forces et psychologiquement insurmontable.

J'ai fait le choix de ne garder que toi auprès de moi, en abandonnant le second bébé. Encore aujourd'hui, ce mot d'abandon est douloureux pour moi. C'était la décision la plus difficile qu'il m'ait été donné de prendre, mais je ne voyais pas d'issue.

Bien des fois, je l'ai regretté et pourtant sur le moment, cela me semblait la seule solution. Et je me disais que l'autre bébé aurait plus de chances de s'en sortir ailleurs qu'avec moi. Je me suis souvent demandé ce qui serait advenu si j'avais fait un choix différent. Aurais-je réussi à faire face ? Aurions-nous sombré tous ensemble ? Nous avions si peu d'argent. Ton père est arrivé deux mois après et n'a rien su durant de longues années. J'ai gardé cela emmuré en moi et plus le temps passait, plus mon cœur durcissait. Chaque année, à ton anniversaire, je me faisais la promesse d'en parler l'année suivante, mais je m'enfermais un peu plus chaque jour avec mon secret et il devenait de plus en plus difficile à révéler, à affronter.

Et puis un soir, tu es revenue à la maison après une année d'absence. Des mois où nous te croyions en train d'étudier à l'étranger. Lorsque tu es réapparue ce jour-là, j'ai perdu mon deuxième enfant. Ma fille n'était plus là, Ishan l'avait remplacée.

Comment avais-tu pu te mutiler ainsi ? Volontairement ! Il m'était impossible d'accepter ton choix d'être devenue un homme. Je ne voyais en toi qu'un monstre qui m'avait volé ma fille, ma petite fille. Mon cœur de mère s'est brisé une seconde fois. J'avais abandonné mon premier bébé et voilà que mon second enfant s'était volatilisé pour faire place à un inconnu.

Je ne sais pas comment cet incendie s'est déclaré dans la maison juste après notre altercation ; était-ce toi ou l'une de mes cigarettes mal éteinte qui était à l'origine de ce désastre ? Je ne le saurai jamais, mais le résultat était là et j'avais la désagréable sensation que tu avais voulu effacer toutes les traces de ta vie d'avant pour renaître à une nouvelle existence. Lorsque j'ai vu la maison en feu après être sortie avec ton père pour tenter de calmer ma fureur et mon désespoir, j'ai su qu'il n'y avait plus de retour possible. La vie avait choisi de me punir pour mes actes du passé et m'avait rayée de mon rôle de mère une bonne fois pour toutes. Ce n'est pas vous qui disparaissiez de la surface de la terre, c'était moi en tant que mère qui étais avalée par un trou noir, par les rouleaux de fumée sombre et menaçante qui sortaient de notre maison.

En nous approchant, je t'ai vu te relever du sol et te mettre à courir, tu t'enfuyais, pour aller vers l'avenir et vers ce que tu étais devenu. C'était comme si tu avais abandonné Delhia au milieu de cet incendie, avec tous ses souvenirs et son passé qui partaient en fumée. Elle n'existait plus. Et toi, tu t'es enfui de la maison pour ne jamais y revenir, car je n'arrivais pas à accepter l'inacceptable et parce que ton père avait été trop lâche pour te défendre face à moi. Il n'a jamais eu mauvais fond, mais il n'a jamais su occuper sa place d'homme, sauf lorsque nous avons pris la décision de fuir en France. Il était docile et soumis, beaucoup trop gentil, et si je n'avais pas été là, il se serait fait exploiter en permanence.

Ce soir-là, j'ai tout avoué à ton père, les jumeaux que j'attendais et l'abandon. J'avais la sensation que j'avais déjà tout perdu, que pouvait-il arriver de pire ? Je me trompais.

Pour lui, ce fut trop lourd à accepter, tous ces évènements ont produit un gigantesque tsunami dans sa tête et il a fui dans une réalité parallèle, dans un monde où je n'avais plus de place.

Les semaines qui ont suivi ont été irréelles. Je me suis débattue entre les assurances pour la maison, l'hôpital psychiatrique pour ton père d'où il ne semblait pas vouloir ressortir et les mensonges avec les voisins. Car une fois encore, je n'ai pas réussi à avouer ce qui s'était passé et j'ai laissé croire que tu avais disparu. Mais cela n'a pas duré très longtemps. La vérité a fini par éclater à ton sujet au bout de quelques mois, lorsque tu as fait changer ton prénom sur tes papiers d'identité et j'ai été traitée en paria dans le quartier. J'étais la menteuse et la mère qui n'avait pas su élever correctement son enfant, l'étrangère que tout le monde pouvait haïr et critiquer. Celle qui avait épousé un fou et qui avait engendré un monstre. Tout était de ma faute, j'étais la mauvaise, la méchante et celle qui, malgré tout ce qui arrive autour d'elle, reste encore là, debout car elle est insensible au malheur des autres. J'ai vraiment cru que j'allais en crever et je sais que si je n'étais pas partie, cela aurait fini par se produire. Ton père s'était séparé de moi à sa façon, tu étais parti à Marseille pour refaire ta vie loin de ton passé et Delhia n'existait plus ; je n'avais plus aucune raison de rester. Je ne fuyais pas vraiment ; en réalité, je courais après moi-même pour tenter de redonner un sens à ma vie, être utile à quelqu'un, retrouver une forme de dignité. À ma manière, j'ai essayé de recréer une nouvelle famille dont je pouvais prendre soin, jusqu'à ce que la maladie vienne m'en séparer à nouveau.

Peu après mon retour en France, j'ai rêvé de toi, tu étais aux États-Unis, à ma recherche. Je ne sais pas si c'est mon esprit qui m'a joué un tour, mais dans l'espoir que ce soit vrai et que je n'aie pas perdu toutes mes facultés avec les médicaments qui m'abrutissaient, j'ai tenté de te transmettre un message pour que tu retrouves la voie de la vérité. Mais encore une fois, c'était la voix d'une mère à la recherche de sa fille disparue, lui faisant la morale, et non la maman que tu espérais.

Aujourd'hui, je regrette amèrement de ne pas avoir su te parler autrement lorsque tu es venu me voir à l'hôpital. Tout ce que j'avais enfoui en moi durant ces années n'avait pas réussi à se transformer tout à fait. Je n'ai pas pu t'accueillir tel que tu es maintenant et je te demande pardon.

Mon enfant, ton geste me touche d'autant plus que ma mère m'a élevée très longtemps comme un garçon. Elle était triste que je sois une fille, car notre vie à tous allait être beaucoup plus compliquée. En Inde, un garçon peut travailler rapidement ou étudier, gagnant ainsi davantage d'argent, et il ramènera une dot à ses parents à l'heure de son mariage. Une fille, quant à elle, est considérée comme un fardeau financier, car les frais de mariage engloutissent parfois les économies de toute une vie et elle n'est que trop souvent source d'ennuis et de soucis.

Les premières heures, ma mère avait tenté de cacher que j'étais une fille, car elle voulait m'épargner ce que tant d'autres subissaient en Inde.

Sais-tu que certains villages s'enorgueillissent de n'avoir pas vu naître une fille depuis plusieurs années, alors qu'en réalité celles qui viennent au monde ne survivent pas plus de quelques heures ou quelques jours. Abandonnées dans la rue aux chiens sauvages, enfermées dans des boîtes jusqu'à ce qu'elles meurent de soif et de faim, empoisonnées ou égorgées comme de vulgaires poulets, c'est encore aujourd'hui le sort de beaucoup trop de nourrissons dont le seul tort est d'être né avec le mauvais sexe, un sexe qui les contraint à payer le prix fort, celui du matérialisme, de la tradition religieuse et de la mort.

Mon père avait réussi à me protéger de ceux qui auraient pu donner un coup de pouce au destin dans mes premières années de vie et ma mère avait tenu bon face aux pressions de sa famille. Elle n'avait pas été répudiée par ses beaux-parents, mais avait reçu la sommation de mettre au monde très rapidement un garçon afin de se faire pardonner cette injure. Et par chance, son deuxième enfant avait le sexe désiré.

Toute mon enfance, ma mère m'a élevée à la dure, pour me forger un caractère d'acier, me doter d'une grande persévérance et d'une poigne d'homme. Pour elle, une femme indienne devait savoir se débrouiller, sinon elle ne valait rien. Elle devait prouver aux hommes sa valeur et devenir plus forte

qu'eux pour ne pas se laisser écraser. C'était l'ingrédient indispensable pour vivre et ne pas seulement survivre et subir.
   Lorsque je suis tombée enceinte, j'ai tout de suite eu peur pour mon bébé. Les femmes de notre famille ont toutes un instinct très développé et je pressentais que ce serait une fille. La famille de ton père n'avait rien à voir avec la mienne et pour eux, il n'était pas question de les déshonorer avec une fille. Aussi je me devais d'accoucher d'un garçon, je n'avais pas le choix. Ma vie et celle de mon enfant en dépendaient. Mais il était impossible d'aller contre la nature, c'est pourquoi avec ton père, nous avons décidé de fuir notre pays et sa famille chez qui nous avions dû nous installer après notre mariage.
   Par chance, ton père qui était de 10 ans mon aîné avait déjà travaillé plusieurs années et avait amassé juste ce qu'il fallait pour payer nos deux billets et vivre quelques mois en France. C'était notre sésame pour la liberté et pour la vie de notre fille.
   Mais cela ne s'est pas passé comme prévu. Ton père n'a pas pu prendre le même avion que moi, car son frère a eu un grave accident la veille de notre vol. Nous n'avions pas assez d'argent pour racheter deux billets, c'est pourquoi j'ai dû me résigner à partir seule, ton père m'ayant juré de me rejoindre le plus vite possible. Mais deux longs mois se sont passés avant qu'il ne prenne l'avion à son tour et j'avais déjà accouché, seule et effrayée à l'idée qu'il n'allait peut-être jamais venir me rejoindre.
   De plus, je n'avais jamais imaginé avoir des jumeaux. Si je m'étais préparée à avoir une fille, je ne l'étais nullement pour en accueillir deux.
   Parfois, je me demande ce qui a le plus pesé sur ma décision de ne pas vous garder toutes les deux : le poids des traditions de notre pays ou le désir profond des femmes de notre famille d'avoir des garçons afin d'avoir une vie meilleure et de moins

les voir souffrir, cette trace familiale que je porte en moi comme ma mère et tant de nos ancêtres.

Je ne te dis pas cela pour me dédouaner de mes erreurs, car ce que j'ai fait est impardonnable. Je souhaite simplement que tu puisses mieux comprendre ce qui m'a amenée à faire ces choix dans ma vie.

J'ai laissé à l'hôpital quelques objets personnels qui pourront te revenir si tu le désires, à toi ou à ta sœur si tu la retrouves. Parmi ces quelques affaires, il y a un carnet dans lequel j'ai noté certaines de mes expériences de vie de ces dernières années, des voyages à travers mon esprit et des tranches de mon quotidien. Peut-être que cela pourra t'intéresser.

Mon enfant, la vie m'a rongée exactement là où je me suis coupée d'elle, où je ne me suis pas fait confiance, là d'où tu viens. Mon utérus me crie que je n'ai pas su faire la paix avec ce que j'ai fait, ni même avec toi, après ce que tu as fait à ton sexe. C'est étrange de me dire que c'est à l'endroit où tout a commencé que tout finit également pour moi : l'origine de nos vies est aussi l'origine de nos maux.

Je pressens qu'un jour tu retrouveras ta sœur. Si cela arrive, ce que je te souhaite, l'autre enveloppe est pour elle. Cette lettre lui est destinée tout autant qu'à toi, pour qu'elle comprenne d'où elle vient, d'où nous venons.

Je t'aime mon enfant. Prends soin de toi mieux que je n'ai su le faire.

Féanor »

Ishan resta silencieux longtemps après avoir fini de lire la lettre.

Il avait du mal à croire tout ce qui était écrit, mais les mots de sa mère semblaient si sincères qu'il se sentait perdu. Et si une fois de plus, il ne s'agissait que de balivernes ? Elle avouait avoir été une experte en mensonges depuis sa naissance...

Stella qui avait deviné qu'il ne serait pas totalement convaincu par cette lettre lui demanda :

— Ishan, as-tu apporté le résultat du test ?

— Oui, mais quel intérêt ?

— Donne-le-moi, je vais t'expliquer. Je pense qu'il y a un détail que tu n'as pas vu dessus et qui te permettra d'obtenir une information neutre.

Elle déplia la feuille et lui pointa un paragraphe.

— Regarde ce qui est inscrit ici sur la ligne juste au-dessus de la conclusion.

Ishan scruta le rapport, puis leva les yeux, incrédule ; avait-il pu être à ce point focalisé sur la dernière phrase qu'il n'ait pas remarqué ce détail, ce Y manquant à côté du X... qui faisait de lui une fille, dans le fond de ses gènes, alors que son corps lui montrait le contraire ?

— Mais comment est-ce possible ? demanda Ishan encore sous le choc de cette nouvelle preuve.

— C'est ce que je voulais te dire quand tu as lu les résultats et que tu as fait ton malaise. Lorsque j'ai appelé l'hôpital de Marseille, ils m'ont expliqué que la cicatrice sur ton bras n'était pas due à une brûlure, contrairement à ce que tu prétendais, mais à une opération qu'ils estimaient dater de quelques années, durant laquelle, tu aurais subi une transformation sexuelle.

— Volontaire ?

— Je suppose que oui, même si je n'ai aucune preuve. Et il est très probable que ta transsexualité soit à l'origine de ton agression sur la Canebière.

Stella laissa une pause, mais Ishan ne réagissait pas. Alors elle enchaîna :

— Tu l'ignores peut-être, mais après une telle opération, tu dois prendre des médicaments à vie pour accompagner le changement hormonal et conserver un équilibre. J'ai peu de doute quant à ta réponse, mais est-ce que par hasard tu suis un traitement ?

— Non ! Je me rappelle par contre avoir découvert dans ma salle de bain des boîtes de médicaments que je ne connaissais pas après mon agression, et j'ai pensé que Delhia était passée les cacher chez moi, soit pour m'empoisonner, soit pour me droguer. Vu l'état dans lequel je me trouvais, je n'ai pas réfléchi plus loin et j'ai tout jeté à la poubelle. Après qu'elle m'ait agressé, je la savais capable du pire et je me méfiais de tout.

— Comme je viens de te le dire, je doute que ce soit elle qui t'ait agressé, mais je…

— Et comment peux-tu avancer ça ? Tu es de la police ? Tu étais là ?

— Non, bien sûr que non, mais…

— Tu fais celle qui a la connaissance infuse, qui comprend tout, mais qu'est-ce que tu sais de moi réellement ? Presque rien. Alors, arrête de me dire ce que j'ai vécu comme si tu y étais !

Stella venait malencontreusement de dévier Ishan vers son penchant paranoïaque, alors qu'elle souhaitait au contraire le garder le plus serein possible. Il avait les mâchoires et les mains serrées. Il semblait sur le point d'attaquer. Il fallait avouer que ces nouvelles étaient difficiles à avaler.

François prit peur en voyant son comportement qui se transformait aussi brutalement et se leva instinctivement dans sa direction. Ishan dans un élan de défense se mit debout d'un bond, avec dans le regard une lueur meurtrière. Ils se retrouvèrent face à face, comme deux animaux prêts à combattre. Il plongea

lentement sa main dans sa poche, imité par François qui bondit sur lui sans hésiter. L'instant d'après, Ishan s'immobilisa net, puis son corps se détendit, ses yeux roulèrent et il s'affala dans les bras de François qui le repoussa mécaniquement sur le canapé.
Toujours debout, François tenait sa seringue, vide.

— François, qu'est-ce que tu lui as fait ? demanda Stella en se précipitant sur Ishan.
— Je lui ai injecté un tranquillisant ! Je ne sais pas pourquoi il a fait une telle réaction, cela aurait simplement dû le calmer, pas le mettre complètement K.O.
— Tu es certain que c'était la bonne dose ?
— Oui, absolument ! J'ai de l'expérience dans le domaine de la médecine au cas où tu ne te souviendrais pas. Peut-être qu'il réagit plus fort du fait de son instabilité psychologique ou parce qu'il a pris d'autres médicaments avant.
— Que lui arrive-t-il ? demanda Delhia qui n'avait rien dit jusque-là.

François tourna la tête en entendant la voix et aperçut Delhia sur le canapé.
— Stella ! Delhia... Elle... Je la vois !
— Vraiment ? Tu peux me voir ?
— Oui ! J'avais un peu de mal à croire ce que Stella m'avait dit, mais de te voir comme arrivée de nulle part devant moi, je... c'est fou, Stella disait vrai ! C'est tout bonnement incroyable.

Il s'approcha pour la toucher, comme pour se prouver qu'elle était réelle. Delhia le laissa lui prendre la main. Autant elle se méfiait de Stella, autant elle éprouvait une facilité assez irrationnelle à faire confiance à François. Les yeux dans les yeux, un sourire sur les lèvres, ils s'étaient tous les deux arrêtés de bouger, tendus l'un vers l'autre dans un silence hypnotique.

Pour Delhia et François, tout ce qui était autour d'eux semblait avoir disparu ; une force magnétique les transportait dans un monde qui n'appartenait qu'à eux. Et cette fois, ce n'était pas une attirance feinte qui animait Delhia.

Pendant ce temps, Stella allongea Ishan sur le sol.
— Cela confirme ce que je pressentais, souffla Stella assise à même le sol.
— De quoi parles-tu ? répliqua François qui sortit de son cocon.
— Je pense que Ishan et Delhia sont les deux facettes de la même personne.
— De la même personne ? Tu insinues que l'un des deux n'existe pas vraiment ?
— Oui et non, ou plutôt que les deux cohabitent dans un seul corps, mais que l'un d'eux a trouvé une façon de s'en échapper pour vivre une existence parallèle, comme s'il refusait la voie prise par l'autre.
— Un peu comme une double vie ?
— En quelque sorte.
— Mais comment pourrait-on les voir tous les deux en même temps dans ce cas ? Cela n'a pas de sens. Et Delhia est aussi palpable maintenant que Ishan l'était il y a un instant dans mes bras.
— Peut-être, mais est-ce que tu remarques que la peau de Ishan est un peu plus translucide qu'elle ne devrait l'être ?
— Oui, sans doute très légèrement. Et cela n'explique pas que nous puissions les voir tous les deux.
— Ça, je ne me l'explique pas encore, mais j'avais déjà soupçonné que quelque chose déclenchait le fait que Delhia soit visible ou non. Et au vu de ce soir, je suis à peu près convaincue

que lorsque Ishan dort, Delhia apparaît et qu'elle disparaît quand il se réveille.
— Comme une sortie du corps ? À l'image de ce que tu fais la nuit ?
— Oui, mais de façon beaucoup plus intense, au point de prendre forme réelle.
— Ok, imaginons que ce soit le cas cette fois-ci, même si cela me semble complètement barré, pourquoi penser que cela se produit tout le temps ?

Delhia ne disait rien, mais était très attentive et un peu incrédule elle aussi. On parlait d'elle sans prendre en compte sa présence, ou comme si elle était un sujet de recherche. Cependant, il lui fallait admettre que sa situation était très irrationnelle et elle aurait aimé avoir une explication logique. Alors, pourquoi pas celle-ci ? François était resté à côté d'elle et lui tenait la main, caressant doucement son bras et cela lui apportait de l'apaisement.

Stella se leva et se mit à marcher dans la pièce, sans se résoudre à s'asseoir et finit par répondre à François.
— Beaucoup de détails coïncident dans ce que nous avons retrouvé sur leur passé. Ishan et Delhia prétendent être partis en même temps de leur maison après l'incendie, tous les deux pour se rendre à Marseille, où ils ne se sont jamais rencontrés. Delhia m'a dit n'avoir jamais croisé l'homme qui l'avait emmenée à Paris dans cet hôtel. Or Ishan est arrivé au même moment pour chercher sa mère à Paris. Drôle de coïncidence, non ? Ils ont tous les deux des souvenirs très partiels de leur enfance et nombre de trous de mémoire, ce qui est utile dans le cas d'un dédoublement de personnalité, pour ne pas faire d'interférence entre les deux

identités distinctes. De plus, Delhia, tu m'as dit que tu vivais surtout la nuit si je me souviens bien, c'est exact ?
— Oui, sauf depuis que je t'ai rencontrée.
— Oui, mais peut-être que lors du choc, quelque chose s'est modifié, au moins temporairement ! Je pense qu'auparavant, Ishan vivait la journée, et lorsqu'il se couchait, c'était sa part féminine qui se réveillait et tu prenais le devant de la scène pour profiter de ta vie de femme. Vous alterniez donc entre vos personnalités en permanence sans jamais vous rencontrer. Mais depuis notre collision, il semblerait que les règles aient été modifiées et qu'à présent, une partie de vos cellules se déplacent d'un esprit à l'autre dans un espace différent et rendent ton corps visible lorsque Ishan dort. Comme si tu étais devenue un fantôme qui pouvait prendre de la consistance durant les phases de sommeil de Ishan. Je suis persuadée que mon énergie te complète pour être physiquement plus réelle, et que le fait que nous soyons sœurs me permet te voir de façon permanente.
— Que quoi ? demanda Delhia en ouvrant de grands yeux.

Delhia regarda François d'un air interrogatif.
— Tu le savais ?
— Je n'en étais pas sûr jusqu'à aujourd'hui, mais Stella m'a... Stella, raconte-lui.

Stella s'arrêta de marcher et leur demanda de se déplacer un peu sur le canapé pour qu'elle puisse s'asseoir avec eux ; elle voulait être à côté de Delhia pour lui parler. Elle allait devoir se dévoiler et ce n'était pas le plus simple pour Stella.
— Delhia, tu as vu que Ishan avait fait un test ADN ? Il doutait que sa mère soit sa génitrice. J'ai également fait ce test et c'est notre mère à tous les deux. Alors, étant donné que vous êtes un peu comme frères et sœurs...

— Attends, je ne suis pas sûre de comprendre, l'arrêta Delhia. Comment en es-tu arrivée à faire ce test ? Et comment vous êtes-vous connus ?
— J'ai rencontré Ishan et Féanor à l'hôpital où je travaille. Elle avait un cancer de l'utérus, au dernier stade de la maladie, et il était venu la voir.
— Et est-ce qu'elle est… ?
— Oui, je suis désolée. Lorsqu'elle est arrivée, il n'y avait malheureusement plus grand-chose à faire pour elle, si ce n'est soulager sa douleur. Et j'ai eu la confirmation seulement ce matin qu'elle était ta mère, sinon, je te l'aurais dit et tu aurais pu la revoir.
— Alors sa lettre, c'était des adieux ?

Une vague de tristesse envahit Stella. Elle ne put prononcer un mot, mais fit un léger hochement de la tête. Elle refusait de se laisser aller à ses sentiments maintenant, elle se sentait investie d'une mission qu'elle voulait mener jusqu'au bout sans montrer sa fragilité. Face à elle, Delhia ne chercha pas à retenir quoi que ce soit. Elle s'attendait à être attaquée et au lieu de cela, elle apprenait qu'elle n'existait qu'à moitié et que sa mère venait de mourir… Cela faisait beaucoup à encaisser. François qui tenait toujours les mains de Delhia l'attira contre lui. Elle se laissa glisser dans ses bras en pleurant de plus belle. Lorsqu'elle se calma un peu, elle demanda à Stella :

— Il y a quelque chose que je ne comprends pas. Pourquoi as-tu supposé que Féanor pouvait être ta mère ?

Stella avait une boule dans la gorge. Le fait de parler ouvertement de sa mère biologique en tant que personne réelle et non plus comme une chimère était nouveau, et entendre ce prénom qu'elle avait ignoré durant tant d'années la ramenait à ce qui lui avait manqué. Cela mettait en relief ce que Delhia avait eu la chance de vivre et dont elle avait été privée. Même si elle refusait de se l'avouer, Stella aurait voulu récupérer une part de la vie que Delhia avait eue, lui reprendre ce qu'elle lui avait volé ! Elle avait beau tenter de se raisonner en se répétant que Delhia ne lui avait rien enlevé, à cet instant précis, c'était pourtant exactement ce qu'elle ressentait. Sa tête savait que cette dernière n'y était pour rien et qu'elle ne devait pas lui en vouloir, mais la réalité des sentiments qui s'animaient en elle était toute autre et son cœur était serré dans un étau. Ses émotions prenaient le dessus alors qu'elle avait si bien réussi à les mettre de côté depuis toutes ces années.

Elle pensa à ses parents adoptifs qui l'avaient entourée de tout leur amour et cela calma un peu ses élans. Sa vie n'avait pas été ratée, elle avait vécu de belles expériences. Elle avait juste eu une existence différente de celle qu'elle aurait dû avoir si sa mère ne l'avait pas abandonnée. C'était déjà beaucoup ; n'était-elle pas à l'endroit où elle devait se trouver ?

— Mes parents ne m'ont jamais caché que j'avais été adoptée, mais je n'ai jamais su qui étaient mes parents biologiques. Ils ne pouvaient pas avoir d'enfant et m'ont toujours considérée comme leur propre fille. La vie avec eux était douce et je n'ai jamais été privée de rien matériellement. Pourtant, très tôt mon corps a crié qu'il me manquait quelque chose d'essentiel. À l'âge de deux ans, je me suis retrouvée à l'hôpital, car je refusais de me nourrir, je me laissais littéralement mourir. C'est à ce moment-là qu'ils m'ont découvert une tumeur au cerveau. Je ne me laissais pas simplement mourir, je créais ma maladie pour sortir de ce corps et de cette situation qui était trop dure à vivre pour moi. Bien sûr, sur le moment, personne n'en parlait en ces termes. Les médecins ont relié cela à un dysfonctionnement cellulaire et m'ont prise en charge de leur mieux. Ce n'est que des années après que cette interprétation s'est révélée à moi. Même si je l'ai longtemps ignoré, j'espérais secrètement que mon existence soit liée à celle d'un frère ou d'une sœur. Ce n'est qu'après la mort de mes parents que j'ai su qui tu étais par rapport à moi, dans une vision qui m'annonçait que je retrouverais ma mère biologique et ma sœur à peu près en même temps, mais que je les perdrais juste après.

Elle avala sa salive bruyamment. Ces souvenirs lui rappelaient trop brutalement à quel point la vie était injuste. Ne pas grandir avec sa vraie famille puis la retrouver pour la perdre aussitôt, c'était inacceptable. Elle respira profondément et reprit.

— J'y ai également vu que je soignerais ma mère dans ses derniers jours de vie et c'est une des raisons pour lesquelles je suis devenue infirmière. Peu avant que je finisse mes études, le nom de l'établissement Marie Curie m'est apparu en rêve. J'y distinguais ma mère, allongée sur un lit, malade. Son visage était flou, mais je savais que c'était elle, je le sentais. La décision s'est alors imposée à moi, je devais y travailler si je souhaitais la retrouver. Cependant, la tumeur que j'avais développée durant mon enfance m'avait fait grandir différemment de ce que j'aurais dû. La forme de ma tête avait légèrement changé, je suis restée plus petite, ma peau a gardé un teint plus pâle, mon système immunitaire était plus fragile et je n'étais plus physiquement la copie conforme de ma mère biologique, ce qui rendait les recherches plus complexes. Plus le temps avançait, plus je regardais chaque femme indienne de plus de 40 ans qui arrivait dans mon service comme une mère potentielle. J'ai donc commencé à utiliser des tests ADN pour ne pas passer à côté d'elle sans le savoir, car sur ce point, mes dons ne m'étaient malheureusement d'aucun secours. Je prenais en photo chacune de ces femmes et je leur faisais un prélèvement sans que personne ne se doute de rien. J'envoyais à mes frais les échantillons à des laboratoires privés, en prenant soin de changer régulièrement de site pour ne pas paraître suspecte. Puis je comptais les jours jusqu'à ce que le résultat du test revienne. Mais il n'était jamais positif… Jusqu'à ce matin.

Elle fit une autre pause, elle avait besoin de laisser passer le flux d'énergie qui la traversait. C'était un mélange confus de joie et de peine. Elle qui avait toujours tenté de museler ses émotions, ce soir elle en était incapable. Étrangement, elle ne se sentit pas inférieure ou dévalorisée pour autant. Ainsi le fait de montrer ses émotions n'était peut-être pas si horrible et dégradant que ce qu'elle croyait ?

— En découvrant ce test positif, j'ai ressenti en moi une grande joie et aussitôt après une immense peur, car je savais que le couperet était prêt à tomber à tout moment sur vous deux. Aussi, lorsque je suis arrivée un peu plus tard dans le service et que l'infirmière m'a annoncé la mort de ma mère, c'était le coup de trop ; j'aurais tellement voulu la revoir vivante au moins une fois en sachant qu'elle était ma mère, pouvoir lui parler. Puis j'ai aussitôt pensé à toi, Delhia, au risque de te perdre après t'avoir si peu connue, et l'état dans lequel tu étais hier soir ne laissait rien présager de bon. Mais peu après, mes yeux ont croisé un rayon de soleil à travers la vitre d'une chambre et j'ai eu une vision en plein jour. Cela ne m'était jamais arrivé auparavant. J'ai vu le puzzle dans lequel tu apparaissais ; tu y grimaçais de douleur et l'autre personne à côté de toi également, même si je n'apercevais que sa bouche. Puis la silhouette s'est reformée complètement : c'était Ishan. À ton tour, tu t'es transformée, jusqu'à devenir son ombre, projetée sur un mur derrière lui.

Delhia écoutait Stella avec une grande attention. Elle redoutait la suite de ses paroles, comme un accusé attend sa sentence.

— C'est à ce moment-là que j'ai compris que malgré les apparences vous n'étiez qu'un et qu'il était urgent que vous soyez réuni à nouveau. Je ne sais pas si tout se passera comme je le pense, mais si vous arrivez à réintégrer tous les deux le corps de Ishan, je ne te perdrai pas. Tu seras toujours en lui, d'une façon ou d'une autre, même sans ton apparence actuelle. Cela me rend triste, car je me sentais beaucoup plus proche de toi que de lui. Avec toi, pour la première fois, j'ai eu l'impression de retrouver ma vraie famille, bien avant d'apprendre que tu étais ma sœur. Je regrette sincèrement de ne pas t'en avoir parlé avant ce soir, mais je n'étais sûre de rien, je n'avais aucune preuve. Aujourd'hui, avec ce test et celui de Ishan, je suis certaine que vous êtes mon frère et ma sœur. Si seulement j'avais pu faire ce test le jour où Ishan m'a surprise dans la chambre de Féanor en pleins préparatifs, tout aurait pu être différent. Si ce test qui est resté vierge dans ma poche de blouse avait pu nous révéler ce secret plus tôt, tu aurais pu revoir ta mère vivante. Mais le destin n'a pas voulu qu'il en soit ainsi. Cela s'est joué à quelques secondes, car il ne m'aurait pas fallu davantage pour faire ce prélèvement. Mais cela a également permis que tu rencontres François, venu me le rapporter chez moi l'autre soir. Je ne sais pas quels souvenirs gardera Ishan de nos temps passés ensemble, mais j'espère sincèrement que lorsque vous ne ferez plus qu'un, je pourrai retrouver un peu de ce lien de sœur à sœur que j'ai pu goûter avec toi.

Des larmes coulaient sur les joues de Stella. Pour la première fois depuis la mort de ses parents, elle laissait sa peine éclater au grand jour. François en resta ébahi. Il savait que Stella n'était pas insensible, mais il s'était toujours demandé ce qui pourrait un jour fissurer cette forteresse de pierre qu'elle avait érigée autour de son cœur.

Delhia ne disait rien, mais elle sentait au fond d'elle que Stella avait raison, qu'elle n'allait pas pouvoir demeurer dans cet état en demi-teinte, même si une part d'elle refusait la réalité et de s'y conformer ; les bras de François étaient tellement réconfortants qu'elle aurait aimé y rester éternellement.

Après un long silence, Delhia se redressa un peu et demanda :
— Et la mort de tes parents à Lyon ? C'était une simple coïncidence ?
— Ils m'avaient promis de me faire une surprise pour mes 18 ans, c'était quelque chose qui semblait vraiment leur tenir à cœur, mais nous ne sommes jamais arrivés à destination, alors je n'ai jamais su de quoi il s'agissait.
— Et le chauffard ? Est-ce qu'il a été retrouvé ?
— Oui, c'était un jeune qui venait tout juste d'obtenir son permis, il a fini par se dénoncer au bout d'un mois, rongé par les remords. Mais cela ne changeait plus rien pour moi. J'étais dévastée et cela n'allait pas rendre la vie à mes parents. J'ai pleuré des jours et des jours de me retrouver seule une nouvelle fois, abandonnée à nouveau.
— Et moi qui ai cru…
— Cru quoi ?
— Que mes parents auraient pu être à l'origine de votre accident ! Nous y habitions à ce moment-là et cela expliquait tellement bien le fait que tu nous en veuilles, à moi et à ma famille : tu aurais enlevé ma sœur et mis le feu à notre maison pour nous faire souffrir et détruire notre famille comme tu supposais que nous avions ruiné la tienne.
— Mais je ne vous ai jamais souhaité de mal ! Je désirais simplement vous retrouver.
— Oui, c'est ce que je commence à comprendre maintenant, mais il y avait tant de détails qui s'accumulaient et qui me le laissaient imaginer…

Delhia était pensive. Après un temps, elle demanda :
— S'ils tenaient tant à t'emmener à Lyon, est-ce envisageable que tes parents aient retrouvé la trace de ta famille biologique ?
— Je ne sais pas. C'est peut-être une simple coïncidence. Même s'ils ne m'ont jamais caché que j'avais été adoptée, ils n'ont jamais voulu m'aider à rechercher mes parents biologiques. Ils me disaient que c'était mon chemin et non le leur, que si je devais les retrouver, ce serait par moi-même le moment venu. Est-ce qu'ils avaient changé d'avis ? Je ne sais pas.
— Et tu crois qu'ils auraient eu les moyens de découvrir leur identité ?
— Mes parents étaient riches et avec de l'argent, on peut faire beaucoup de choses.
— Dire que je n'ai jamais rien su de toi et de ton existence, reprit Delhia, et que je me suis inventé cette sœur disparue dans l'incendie. C'est tout de même une drôle de coïncidence, non ?
— À mon avis, ce n'en est pas une. Je suis persuadée que toutes les cellules de ton corps ont conservé le souvenir de ces neuf mois dans le ventre de notre mère et du fait que tu n'étais pas seule. Notre séparation lorsque tu es née a forcément provoqué une réaction au plus profond de toi, d'autant plus forte que le secret a été gardé par tes parents. Cela pourrait peut-être même en partie expliquer cette double personnalité que tu as générée, pour redonner vie à ce duo que tu avais connu et perdu.
— Mais maintenant que je t'ai retrouvée, je n'ai pas envie de te quitter, pas aussi vite.
— Moi non plus. Mais nous ne serons pas vraiment séparées, Ishan sera notre lien. De toute façon, tu ne peux pas continuer à vivre à moitié, cela vous affaiblit l'un comme l'autre et vous

allez en mourir, je le ressens très nettement. Je ne veux pas vous perdre tous les deux.

— Je sais que tu as raison, mais je ne peux pas m'y résoudre. J'ai peur, peur de disparaître, de tout perdre.

— Tu ne me perdras pas, je serai toujours là pour toi, quelle que soit ta forme extérieure. Tu as une place dans ma vie et dans mon cœur, et Ishan également.

À cet instant précis, Ishan se mit à trembler et à émettre des sons étranges, les mêmes que lorsqu'il était tombé sur la table basse.

Stella était de nouveau furieuse après François et inquiète des conséquences de son injection. Elle se releva du canapé pour aller s'agenouiller auprès de Ishan. Elle ne savait pas ce qu'elle pouvait faire pour l'aider. Levant la tête vers François, elle lui lança un regard noir :

— Même si tu as fait ça pour nous protéger, tu n'as pas pensé que dans son état, cela pouvait être dangereux ?

Stella redoutait que l'injection puisse créer d'autres effets indésirables. Lorsqu'elle s'approcha pour le toucher, Ishan ouvrit les yeux. Son regard se figea sur un point devant lui, ses lèvres bougèrent, mais aucun son ne se fit entendre ; il semblait toujours absent. Stella prit sa main dans les siennes pour l'accompagner dans ce qu'il vivait. Elle pressentait qu'un univers parallèle lui ouvrait ses portes. À son tour, elle s'immobilisa.

François l'avait déjà vue entrer dans cet état méditatif avec une de ses patientes qui venait de tomber dans le coma et avec laquelle elle s'était particulièrement liée d'amitié. Stella avait fermé les yeux et au bout de quelques minutes, elle était revenue confiante concernant l'état d'esprit dans lequel la patiente partait de ce monde, lentement, mais sûrement. Une heure après, son cœur s'était arrêté de battre, comme si elle avait accepté que sa fin soit arrivée ; son visage était serein, elle semblait presque sourire.

Il ne s'inquiéta donc pas trop, mais il espérait que cela ne durerait pas trop longtemps. Ces expériences de conscience modifiée lui étaient étrangères et cela le rendait nerveux. De plus, il se méfiait de l'influence de Ishan et là où ils étaient, il ne pouvait pas le contrôler.

39

Comme un film projeté devant ses yeux, Stella vit Ishan enfant. Il devait avoir à peine trois ans et il était impossible de savoir en le regardant s'il était une fille ou un garçon. Il se faufilait sous la table pour ne pas voir la haine sur le visage de sa mère et la résignation triste sur celui de son père. Il fermait les yeux et serrait ses mains sur ses oreilles aussi fort qu'il pouvait. Il refusait d'écouter cette femme qui rabaissait l'homme face à elle, le traitant de bon à rien et lui laissait entendre qu'il n'était pas celui qu'elle aurait aimé qu'il soit, qu'il était faible. Il ne voulait pas sentir la honte de cet homme qui n'osait pas répondre, qui ne cherchait même pas à se défendre et qui courbait le dos en attendant que l'orage passe. Cette femme était incapable d'aimer cet homme tel qu'il était et elle lui faisait payer le fait de ne pas correspondre à ses désirs. Quand il serait plus grand, Ishan ne voulait ressembler à aucun de ces deux adultes qu'il avait en modèle. Il souhaitait juste qu'on le laisse tranquille pour vivre dans son monde intérieur, dans ce refuge qu'il s'était créé.

La table sous laquelle il se cachait disparut et la salle de bain de son enfance se matérialisa autour de lui. Sa mère lui expliquait qu'une femme devait prendre soin de son apparence pour être respectée. Sa fille était grande et ne pouvait plus sortir habillée comme un garçon manqué et sans maquillage. Face aux récriminations, Féanor ne laissait aucune échappatoire. « Sinon, tu ne sors pas ! Tant que tu vivras sous ce toit, tu feras honneur à notre famille. Et ne t'avise pas de raccourcir encore tes cheveux. » Pour avoir la paix, la jeune fille avait décidé de se plier à ses règles, en apparence du moins, le temps de trouver comment y échapper sans perdre sa liberté. À 15 ans, elle ne pouvait pas s'enfuir de chez elle pour vivre la vie qu'elle entendait mener.

Il se revit dans la cour du lycée, jugeant les autres filles mièvres, à se pâmer devant tous les beaux garçons qui passaient. Cela ne l'intéressait absolument pas. Sa mère n'était pas inquiète, au contraire, elle pensait que sa fille se laissait désirer, regardant tous les prétendants qui papillonnaient autour d'elle sans en choisir un seul. Heureusement, elle n'avait jamais appris que sa fille restait parfois plus longtemps à la fin des entraînements de gymnastique, pratiquant un sport qu'elle préférait par-dessus tous… Dans le vestiaire devenu désert, son corps fin et élancé venait épouser celui d'une autre fille, ses mains caressaient chaque parcelle de peau de sa compagne de jeu, sa bouche découvrait avec avidité et délice des plaisirs qu'elle n'osait nommer. Elle refusait de mettre une étiquette sur ce qu'elle vivait, car aucune ne lui semblait vraiment adaptée. C'était toute son énergie masculine qui se réveillait dans ces plaisirs sensuels et elle ne se sentait absolument pas dans une relation de femme à femme. C'était tellement étrange qu'elle préférait juste profiter de l'instant et goûter ces jeux interdits sans chercher à les comprendre.

La vision devint floue, puis une autre image s'imposa dans le miroir de cette salle de bain : les yeux dans les yeux, elle aperçut un regard aiguisé et décidé, plus mature ; des traits fins un peu durs, ni féminins ni masculins, mais dans un entre-deux qui aurait semé le doute si ses longs cheveux n'étaient pas venus adoucir la forme de son visage. Il n'y avait aucune trace du crayon noir ni du mascara qui orientaient habituellement son identité et lorsque ses mains eurent attaché ses cheveux, sa bouche esquissa un sourire. Derrière le masque qu'elle revêtait tous les matins se cachait celui qui voulait apparaître aux yeux de tous, celui qui existait depuis toujours en elle, mais que sa famille et son éducation stricte avaient contraint au secret depuis dix-neuf longues années. Cela faisait trop longtemps qu'elle vivait ce conflit émotionnel permanent entre la façon dont elle se sentait et ce que son corps lui disait qu'elle était. Il ne lui restait plus que deux choix : assumer qui elle était au-dedans et le vivre pleinement ou mettre un point final à cette vie à contresens qui la faisait tant souffrir.

Le miroir disparut et Stella vit Ishan sur une table d'opération. Un chirurgien et deux infirmières étaient autour de lui. Elle comprit aussitôt qu'il était en train de revivre son opération, sans doute sous l'effet du produit que François lui avait injecté, rappel dans son corps de celui qui l'avait endormi à cette occasion.

Elle accompagna le scalpel qui incisait en suivant les lignes dessinées sur le bras de Ishan afin d'en retirer une large bande de peau. Elle avait du mal à garder son regard posé sur ce bout de chair qui se détachait, sans pressentir dans son être ce qui allait se produire.

Au moment où le scalpel s'introduisait entre ses jambes, Ishan poussa un cri qui sortit du fond de ses entrailles. Même si c'était sa décision, une part de lui s'apprêtait à mourir au passé pour renaître à l'avenir ; il ressentait, sans l'effet de l'anesthésie, ce que son corps avait traversé pour devenir physiquement l'homme qu'il avait toujours été, le reflet désormais fidèle de son âme, de son être profond. Mais il ne comprenait pas pourquoi il avait dû subir toutes ces épreuves, pourquoi il n'était pas né avec le bon sexe, pourquoi il avait dû se battre, perdre sa famille et ses amis pour quelque chose qui était donné naturellement à tant d'autres personnes sur cette terre. Il n'était pas malade, il n'était pas l'œuvre du diable, il n'était pas une femme qui avait voulu devenir un homme ; il était juste un homme égaré dans un corps de femme, un acteur sur la scène de la vie, obligé de jouer un rôle que la société l'avait forcé à endosser dès sa naissance. Et ce rôle lui avait fait peu à peu perdre le goût de la vie, une vie qui n'avait aucun sens s'il ne pouvait pas être celui qu'il était profondément. Avec cet acte, il allait retrouver un alignement entre l'intérieur et l'extérieur, une identité qui lui correspondait et qui lui permettrait d'exister aux yeux du monde tel qu'il se sentait depuis toujours. Il allait enfin pouvoir se construire dans son identité d'homme.

40

Dans le salon, le corps de Ishan se contracta et ses yeux se révulsèrent. François se rapprocha de lui, il n'était pas rassuré. Stella, elle, ne bougeait pas, elle était toujours connectée à Ishan. Seul son visage se crispa légèrement, comme si elle concentrait toute son attention sur ce qu'il vivait.

Bien qu'elle n'entendît pas le hurlement, Delhia sentit qu'il se passait un évènement qui la concernait également : elle tremblait et son sang battait dans son sexe comme jamais. En voyant Stella qui demeurait immobile et l'inquiétude grandissante de François, une angoisse sourde monta dans son dos comme un serpent qui se faufilait en elle et sifflait un vent de panique.

En voulant s'approcher de Stella, elle buta sur un obstacle invisible, perdit l'équilibre et se retrouva à quelques centimètres du sol, suspendue dans le vide.

François regardait Delhia, allongée sur Ishan, inerte : cela ne laissait rien présager de bon. Il tenta de la relever, mais il n'y parvint pas. Elle était comme aimantée par le corps de Ishan. Il n'obtint pas de meilleur résultat quand il lui parla. Ses yeux étaient fixés dans le vide, sa respiration était calme et régulière et elle ne répondait plus à aucune stimulation. Avait-il provoqué sans le vouloir l'inverse de ce qu'il souhaitait ?

Bien au-delà de ce que François pouvait percevoir, cet enchaînement d'évènements avait créé une rencontre dans un univers parallèle.

Ishan avait conservé toutes les images de ce qu'il avait vécu puis oublié durant son intervention chirurgicale. Il était debout devant Stella, et Delhia venait de les rejoindre. Le décor autour d'eux était d'un gris bleu très doux et ressemblait à un toit d'immeuble, avec, à l'horizon, le ciel à perte de vue.

Delhia et Ishan se regardèrent pour la première fois, fixement.

En un instant, tous leurs souvenirs enfouis refirent surface, grâce à leurs mémoires individuelles qui fusionnaient peu à peu.

Après de longues minutes, Delhia rompit le silence :

— Comment as-tu pu faire une chose pareille ?

— C'est toi qui m'as appelé à l'aide parce que tu étais mal dans ta peau. Alors j'ai fait ce que tu ne pouvais te résoudre à faire.

— Je voulais juste que tu sois là pour m'épauler et m'accompagner dans mes épreuves, mais je ne t'ai jamais demandé d'aller jusqu'à ces extrémités ! Je pense que nous aurions tout à fait pu cohabiter comme nous le faisions auparavant, en conservant ta personnalité d'homme dans mon corps de femme. Tu as pris le contrôle parce que tu ne pouvais pas vivre sans cet alignement du corps et de l'être, et tu as réussi à me réduire au silence. Je m'en souviens maintenant. Si tu savais combien de fois j'ai prié pour que tu disparaisses avant qu'il ne soit trop tard, j'étais ton corps et j'avais peur...

— Ah, alors tu avoues que tu m'as agressé à Marseille, pour me le faire payer ! lança Ishan.

— Non, absolument pas ! Je n'avais plus aucun lien avec toi à ce moment-là. Depuis l'incendie, tu t'étais volatilisé, au point de me donner par instants le sentiment que tu n'avais jamais existé. Le seul contact qui me restait avec ma vie d'avant, c'était Papa. Je suis allée lui rendre visite plusieurs fois dans son hôpital et nous passions une minute ou une heure à parler de tout et de rien. Nous étions simplement heureux d'être ensemble. Même Maman, à part dans mes rêves, je ne l'ai jamais revue. J'étais une enveloppe vide qui cherchait les plaisirs de la vie, à défaut d'être remplie par ta présence.

— Et que veux-tu que j'y fasse ? Maintenant, Maman est morte et Papa a perdu la tête. Et nous ? Nous nous débattons pour vivre chacun notre vie de notre côté, tout en étant inextricablement liés l'un à l'autre.

— Je veux que tu disparaisses pour me laisser reprendre mon existence là où tu me l'as volée !

— Je ne te l'ai pas volée. Tu sais aussi bien que moi que tu souffrais de cette situation. Maman t'exhibait tel un tableau de maître et tu ne supportais plus de porter ce masque sur ton visage, ces cheveux trop longs, ces habits qui ne ressemblaient en rien à ce que tu ressentais à l'intérieur.

— Même si tu as raison sur ce point, je ne voulais pas détruire ma famille, perdre mes parents, mes amis et me retrouver totalement isolée, sans repère dans ce nouveau moi, certes plus cohérent, mais qui m'éloignait de tous ceux qui m'étaient familiers.

— À quoi bon être accompagné si c'est pour l'être mal ? Même si je me suis souvent senti seul à Marseille, je n'ai jamais regretté ce geste, jusqu'à ce que mon agression me fasse oublier que je n'avais pas toujours été ainsi. L'ignorance avait du bon, je ne me voyais plus différent des autres, j'étais presque comme tout le monde, avec simplement d'immenses trous de mémoire inexplicables.

Il fit une pause et reprit sur un ton assez nouveau.

— Avec un peu de recul, je me dis que j'étais très certainement dans le déni, que je refusais de voir la réalité de mon corps. Ce sexe qui n'était pas exactement identique à celui des autres hommes, qui ne fonctionnait pas comme il aurait dû ;

ces cicatrices sur mon bras, sous mes seins ; ces médicaments que j'ai volontairement ignorés en les jetant à la poubelle alors que j'aurais, dans toute autre situation, fait des recherches pour découvrir de quoi il s'agissait ; ces produits de beauté qui étaient chez moi, ces habits de femme que je retrouvais dans mes placards et que je mettais sur le compte d'une ancienne amante qui n'aurait pas repris ses affaires et dont je ne souhaitais pas me débarrasser. Tous ces détails, je les ai balayés d'un revers de la main, pour ne pas savoir, pour ne pas comprendre.

— D'une certaine façon, tu as voulu me rayer de ton existence, lança Delhia.

— Arrête de m'accuser de tous tes maux. Je n'étais plus en phase avec toi et grâce à cette amnésie, durant un an, j'ai pu avoir une vie à peu près normale. Et pour dire vrai, si tu pouvais disparaître à nouveau, je suis certain que je ne m'en porterais que mieux.

Stella n'avait rien dit jusqu'à présent. Elle les observait en silence, en priant pour qu'ils arrivent à se réconcilier. Cependant, elle sentait qu'ils allaient avoir besoin d'une intervention extérieure pour trouver un terrain d'entente. Elle les interrompit.

— Mais c'est à partir de ce moment-là que tu as commencé à devenir instable et à faire des crises, Ishan. Tout un pan de ta personnalité était refoulé dans ta mémoire et ton équilibre était rompu.

— Alors tout va s'arranger maintenant qu'il en a pris conscience, réagit Delhia. Nous allons pouvoir continuer chacun de notre côté en bonne intelligence, sans perturber l'autre.

— Tu sais bien, Delhia, que c'est impossible. D'abord parce que cette alternance entre vos deux vies parallèles, avec toi Ishan le jour et toi Delhia la nuit, a forcément créé un manque de sommeil et une intense fatigue. Cela aura inévitablement accentué, au fil du temps, les troubles dont vous êtes victimes tous les deux, et cela ne fera qu'empirer. L'absence prolongée de repos mène à la folie puis à la mort de façon inéluctable. De plus, celle que tu es aujourd'hui n'est que le souvenir de ce que vous étiez autrefois physiquement, la face visible que le monde a perçue de vous durant les 20 premières années. Le corps que vous partagez désormais est celui qui est à l'image de Ishan. Tu es précieuse, car tu fais partie de votre passé. Tu es également la part féminine de votre identité d'être humain et celle-ci est essentielle pour Ishan afin de retrouver l'équilibre. Il va falloir que vous arriviez à faire la paix et à accueillir l'autre tel qu'il est pour vous reconstruire une nouvelle unité. Ishan n'est pas simplement Ishan, il est la somme de tout ce que vous avez vécu. Son corps d'aujourd'hui est le reflet de ce qui a toujours été enfoui, au plus intime de son être et que la vie n'a pas matérialisé à sa naissance.

Stella fit une courte pause et reprit.

— Ce n'est pas un chemin facile que vous avez dû parcourir, mais si vous en êtes là maintenant, c'est parce que vous l'avez emprunté ensemble, au-delà de la dualité du corps et de l'esprit, du masculin et du féminin. Et c'est la raison pour laquelle vous devez faire la paix et revenir à ne plus former qu'un seul être. Si vous n'y parvenez pas, vous finirez par disparaître complètement tous les deux, car ton corps ne résistera pas encore longtemps à cette dissociation. Vous êtes inséparables, comme les deux facettes d'une médaille.

Ishan était dubitatif.

— Pourquoi est-ce qu'elle ne disparaîtrait pas tout simplement, vu que c'est moi qui suis le plus en phase avec le présent ?

— Ce n'est pas si facile que cela. Tu es le présent, mais elle représente une part de ton passé. Et si tu voulais tirer un trait sur tes 20 premières années de vie, tout un pan de ta personnalité s'écroulerait et ta stabilité aussi. D'ailleurs, tu vois ce qui t'est arrivé ces derniers temps. Si tu ne te réconcilies pas avec toutes les facettes de toi-même, tu seras en lutte interne permanente et tu ne trouveras jamais d'équilibre. Toutes les parcelles de ton être sont intimement liées et si ton âme est en souffrance, ton corps suivra inévitablement le même chemin. Fais la paix avec elle, accueille-la en toi à nouveau comme faisant partie de tes souvenirs et de ton identité, et tu seras en paix dans ce corps qui correspond maintenant à ce que tu es au fond de toi.

— Dans cette histoire, répliqua Delhia, je n'ai rien à gagner. Et je n'ai pas envie de perdre François. Jamais il ne voudra de moi si je prends l'apparence de Ishan, j'ai vu la haine qu'il lui voue. Il est hors de question que je revienne dans son corps.

— Il ne s'agit pas ici de ta relation avec François ou de désigner un vainqueur. Pour continuer à vivre, vous n'avez plus d'autre option. Vous devez trouver l'unité. Tu n'auras plus la même place, c'est certain, car vos choix de vie en ont décidé ainsi, mais vous devrez apprendre à jouer ensemble et non plus à vous combattre. Je sais que c'est ce que notre mère aurait voulu.

— De quel droit parles-tu en son nom ? Même si tu es aussi sa fille, tu ne l'as jamais connue !

— Je l'ai très peu côtoyée effectivement, mais je sens sa présence ici, elle nous entoure de son amour et si vous fermez les yeux et que vous écoutez avec votre cœur, vous pourrez également la percevoir.

— Cela ne m'intéresse pas, répondit Ishan du tac au tac. Priez et ressentez tout ce que vous voudrez. Moi, tant que je ne la verrai pas de mes propres yeux, ce ne sera qu'une chimère sortie tout droit de ton imagination. Et malgré tout ce qu'elle a écrit, je ne suis pas sûr d'avoir envie de me retrouver en face d'elle.

Stella ferma les yeux, elle avait besoin d'aide. Elle ne savait pas de combien de temps ils allaient encore disposer dans ce monde parallèle, mais cela ne pouvait pas se terminer ainsi. Elle appela très fort en elle-même, ouvrit son cœur comme jamais elle ne l'avait fait auparavant. Il émanait d'elle une puissance à soulever des montagnes, mêlée à un lâcher-prise total quant au chemin à emprunter pour parvenir à son but. Elle sentit une boule d'énergie lumineuse jaillir d'elle et rayonner très loin vers l'horizon. Elle s'en remettait à l'univers pour que la vie suive son cours avec le plus de justesse possible. Au bout de quelques secondes, l'éclat faiblit et se dissipa dans le ciel. Lorsqu'elle ouvrit les yeux, ils n'étaient plus trois…

41

Ils n'étaient plus trois, mais quatre. Une silhouette s'approchait d'eux, avec lenteur et grâce. Il était impossible de ne pas la reconnaître, même s'ils ne l'avaient jamais connue aussi rayonnante.

Féanor prit le temps de les contempler tous les trois, l'un après l'autre, d'un regard vibrant et habité d'une bienveillance de reine. Puis elle s'adressa à eux d'une voix calme et douce :
— Delhia, Ishan, Stella… Je suis heureuse de vous voir enfin réunis, mes enfants. Je suis désolée de tout ce que vous avez vécu de douloureux par ma faute. Je n'étais pas armée pour ce que la vie me proposait et je n'ai pas su vous accueillir tels que vous arriviez dans mon existence. Je le regrette et je vous demande pardon à tous les trois. J'ai compris une chose importante depuis hier que je souhaite partager avec vous.
Elle fit une pause et prit une grande respiration avant de poursuivre.
— Jusqu'à présent, je pensais que les traditions indiennes avaient eu une influence déterminante sur mon incapacité à vous garder auprès de moi. Mais j'ai découvert une autre peur profondément enfouie en moi, celle de voir se reproduire l'acte impardonnable de mon père, occulté par un secret familial que je dois lever aujourd'hui. C'était un secret si bien caché que je l'ai toujours ignoré. Seul mon passage dans la mort m'a permis d'y avoir accès. Toutes les mémoires de mes cellules se sont ouvertes à moi, ces mémoires que le cerveau n'a pas conservées, mais que le corps garde comme des empreintes ou des cicatrices de l'âme, la trace des évènements importants durant nos vies et

également durant la vie de nos ancêtres. Même si mes perceptions étaient déjà nettement supérieures à celles de la plupart des gens lorsque j'étais vivante, je n'ai jamais pu y avoir accès, que ce soit par la transe ou par l'une des nombreuses méthodes que j'ai expérimentées à San Francisco. Peut-être que je n'étais pas prête.

Féanor avait un air nostalgique. Cette période de sa vie avait amené beaucoup de bouleversements.

— Je suis alors remontée à cette sombre histoire de notre passé familial, telle une scène qui se déroulait devant mes yeux. Ma grand-mère, votre arrière-grand-mère avait eu des jumeaux, une fille et un garçon. Ce n'était pas facile tous les jours pour elle, car son mari était très rarement présent à la maison du fait de son travail, mais elle gérait au mieux les deux enfants. Cependant, un matin, elle les avait laissés seuls pour aller chercher du pain. Son absence n'avait duré que cinq minutes, mais ce furent cinq minutes de trop. À son retour, elle avait retrouvé près du foyer allumé l'un des deux bébés, allongé sur le sol. Elle s'était précipitée en hurlant sur le petit corps inanimé et l'avait pris dans ses bras ; il ne réagissait pas. L'enfant, à moitié défiguré, avait de graves brûlures aux mains et au visage et elle ne percevait pas son souffle. Elle le secoua doucement, posa son oreille sur son cœur : rien. Un cri déchirant s'échappa du plus profond de sa poitrine lorsqu'elle comprit que l'irréparable était survenu. Il n'y avait plus rien à faire, elle était arrivée trop tard. Elle était pourtant sortie si peu de temps. Mais le cœur de sa petite fille n'avait pas résisté au choc. Elle devait avoir à peine un an. Certains racontèrent que le garçon, né le second, avait détesté sa sœur dès les premiers mois et qu'il ne serait pas étonnant qu'il ait volontairement lancé la poupée de son aînée dans le feu afin de lui faire du mal. De là à avoir voulu la tuer, il n'y avait qu'un pas que certains avaient franchi sans même réfléchir au niveau de conscience que peut avoir un enfant de cet âge. D'autres, beaucoup plus pragmatiques, avaient supposé que la mère elle-même avait jeté le doudou dans le feu avant de sortir, dans l'espoir de se débarrasser du fardeau que représentait sa fille et ainsi n'avoir plus qu'une seule bouche à nourrir : son garçon. Mais ce que j'ai vu le prouve : ce n'était pas elle qui avait provoqué ce drame.

Aucun d'eux ne bougeait. Ils écoutaient très attentivement ce que leur mère dévoilait de leur histoire familiale.

— Le jumeau survivant était mon père, votre grand-père, celui qui a tellement tenu à me donner ce prénom, Féanor, l'esprit de feu. Pourtant, personne ne lui avait reparlé de sa sœur jumelle morte par le feu, probablement par sa faute. J'ai alors compris toutes les implications liées au choix de mon prénom et pourquoi tout le reste de ma famille s'y était si fortement opposé. Il était implicitement dépositaire d'un drame du passé et prophétique d'un autre accident que tous redoutaient déjà.

Elle fit une pause et reprit :

— Souvent, durant mon séjour aux États-Unis, j'ai fait un cauchemar dans lequel je voyais une poupée qui brûlait au milieu de notre salon en feu. Elle avait l'air à la fois si terrifiante et si terrifiée que je ne pouvais jamais me rendormir. C'était comme si mon ancienne vie se rappelait douloureusement à moi de façon régulière, pour me faire comprendre quelque chose, sans que je sache de quoi il s'agissait. Aujourd'hui, j'ai pris conscience de ce qu'elle tentait de me dire, au-delà de l'incendie de notre maison et de ta disparition, Delhia. Bien des fois, j'ai eu l'impression d'être la cause de toutes les horreurs qui sont arrivées à notre famille et qui nous ont séparés. Si seulement j'avais su tout cela beaucoup plus tôt, peut-être aurais-je réussi à arrêter ce cycle infernal de répétitions familiales. Peut-être que l'incendie de notre maison aurait pu être évité, peut-être même aurais-je pu trouver la force de vous garder auprès de moi au lieu de me séparer de toi, Stella. J'espère au moins que mes mots permettront de lever le voile et vous donneront l'élan pour briser les carcans qui nous ont enfermés dans la honte, la destruction et la mort. Et qui sait si un jour vous n'aurez pas envie d'aller sur les traces de votre famille en Inde, pour aller toucher plus profondément à vos racines ?

Après une nouvelle pause, elle s'adressa à chacun d'eux :

— Stella, je te demande pardon de t'avoir abandonnée dès ta première heure sur cette terre, sans te laisser une place auprès de moi. Je souhaitais te donner une chance d'avoir une vie meilleure, sans vouloir comprendre que le mieux pour toi aurait été de grandir avec ta mère à tes côtés, de te chérir de mon amour au lieu de te confronter à la violence de mon absence.

Elle se tourna ensuite vers Delhia :

— Delhia, je suis désolée d'avoir tenté de te faire suivre ce qui me semblait être le bon chemin en refusant d'entendre et d'accepter ta différence. Je cherchais à faire de toi une belle femme et qu'en même temps tu sois forte comme un garçon. Je voulais que tu aies une vraie place dans le monde, en étant l'égale des hommes au lieu de leur être soumise, une place que je n'ai pas pu trouver en Inde et que je n'ai pas réussi à conserver longtemps ici. En réalité, je n'aurais eu besoin que de t'accompagner vers toi-même, mais j'en étais incapable.

Elle finit par Ishan, après lui avoir adressé un sourire bienveillant.

— Ishan, je regrette de n'avoir pas su accueillir celui que tu es devenu, même si au fond de toi tu es toujours le même, mon enfant. Je souhaite que tu aies répondu à tes aspirations profondes et non à notre prière familiale d'avoir un fils. Je sens aujourd'hui à quel point l'important n'est pas ce que tu es extérieurement, mais ce que tu as en toi, ce que tu en fais et surtout que tu sois heureux dans la voie que tu as choisie d'emprunter.

Elle les regardait tous les trois, tour à tour ; ses yeux brillaient de sincérité et d'amour.

— Je ne vous demande pas d'arriver à tout me pardonner maintenant, mais je souhaite réellement qu'un jour vous puissiez accepter ce qui a été et tirer le meilleur de toutes vos expériences vécues, aussi difficiles qu'elles aient pu être. Elles ont toutes quelque chose à nous enseigner si nous prenons la peine de nous y pencher. Sachez que j'ai toujours essayé de faire de mon mieux, même si mon « mieux » n'était pas forcément juste ou adapté à la situation. Je n'avais pas les ressources en moi pour faire différemment. Apprenez également à ressentir combien la vie est joueuse. Quels que soient nos choix, elle nous conduit souvent là où elle le souhaite et nous n'avons qu'à décider comment y réagir et intégrer les évènements pour en faire des forces au lieu de les laisser nous détruire. Alors que je désirais avoir un seul enfant, la vie a fini par m'en donner trois, malgré toute mon énergie à lutter contre ! Et je comprends seulement maintenant toute la place que j'avais en moi pour vous accueillir. Je regrette de n'avoir pas réussi de mon vivant à accepter mes faiblesses, même si cela m'a poussée à faire des expériences que je n'aurais jamais imaginé vivre. Aujourd'hui, sachez que dans mon cœur de mère, je vous aime chacun infiniment.

Après un long silence où seules leurs respirations se répondaient, elle poursuivit :

— Ishan, Delhia, vous devez vous réconcilier, réunir ces deux facettes de vous pour redevenir un être unique, sinon vous allez disparaître tous les deux, c'est la triste réalité. Ne faites pas comme moi, n'attendez pas qu'il soit trop tard ; c'est seulement maintenant dans cet entre-deux-mondes que j'ouvre vraiment les yeux. Et ce n'est pas pour me lamenter sur tout ce que je n'ai pas fait ou pas su faire, mais pour m'accueillir telle que je suis avec mes forces et mes faiblesses. Pour comprendre également que tout a une raison d'être et que le plus important est de faire la paix avec nos parts d'ombre et de lumière, pour vivre le moment présent le plus pleinement possible au lieu de rester dans un mode de survie et dans une projection d'un meilleur avenir.

Personne ne bougeait, comme si le temps s'était arrêté. Malgré les larmes qui coulaient sur ses joues, Féanor leur offrait un sourire rayonnant d'amour ; elle était belle, lumineuse.

Mais en une fraction de seconde, son visage se figea et elle parut inquiète.

Elle prit Stella par la main et l'attira vers elle. Elles se serrèrent dans les bras et à voix basse, Féanor lui dit à l'oreille :

— Il faut que tu retournes dans ton salon, tu dois absolument empêcher ce qui va s'y produire. Ne t'en fais pas pour eux ici, je m'en occupe ; tout va bien se terminer.

Elle passa une main dans les cheveux de Stella, les mêmes cheveux qu'elle avait eus étant jeune. D'une voix émue, elle continua :

— Je t'aime, ma fille. Je suis heureuse d'avoir pu te rencontrer et de savoir que tu étais auprès de moi durant mes derniers jours sur terre, que mes visions ne m'avaient pas menti et que je n'étais pas seule.

— Moi aussi, Maman, je sens que je t'aime. Mais je suis triste. J'aurais tellement aimé avoir la chance de te connaître. Je n'ai pas envie de partir, de te quitter si vite. Laisse-moi rester encore quelques instants.

Féanor serra sa fille un peu plus fort dans ses bras, quelques longues secondes qui auraient pu se transformer en une éternité, car le temps s'était arrêté. Stella avait des larmes qui roulaient sur ses joues. Elle sentait maintenant le lien avec sa mère biologique, cette femme qu'elle n'avait jamais appelée Maman auparavant et qui avait laissé un vide immense en elle durant toutes ces années d'absence. Il était trop tôt pour la quitter, pour que sa mère la repousse à nouveau loin d'elle. Féanor détacha à peine son corps de l'étreinte pour regarder sa fille dans les yeux.

— Je suis désolée, Stella, je ne te rejette pas, bien au contraire. Tu as une place particulière dans mon cœur qui déborde d'amour et de gratitude pour toi. Mais tu ne dois pas laisser se produire ce qui se prépare dans ton salon.

— Maman…

Sa gorge se noua et aucun autre mot ne put sortir de sa bouche. Elles se serrèrent à nouveau comme pour garder à jamais l'empreinte de leurs corps gravée dans leur chair.

— Ma fille, ma petite fille. Nous ne serons pas séparées. Le lien du cœur ne se brise jamais dans le monde d'après. Et nous pourrons nous croiser la nuit, au détour d'un voyage commun. Tu es comme moi, tu sais percevoir ce que tant d'autres ne voient pas, aller là où la frontière entre les morts et les vivants n'existe pas. Et tu as ce don de communiquer avec les étoiles. Je t'aime.

À contrecœur, Stella se résigna à les quitter. Elle les regarda une dernière fois, les yeux brouillés et le cœur chaviré. Elle était heureuse et triste à la fois, seule et réconciliée.

Féanor tendait maintenant ses mains à Delhia et Ishan. Aujourd'hui, elle ressentait de la tendresse en posant ses yeux sur Ishan, car elle était connectée à son amour de mère, un amour sans condition. Pour la première fois de sa vie d'homme, il sentit en son for intérieur qu'il pouvait être lui-même et être aimé, qu'il pouvait prendre une place dans le monde, prendre sa place d'homme. Il tendit la main à sa mère. Ils semblaient flotter tous les trois, comme s'ils se lançaient dans une danse, de cœur à cœur, une danse d'amour inconditionnel.

42

Au même moment dans le salon, François était inquiet ; autour de lui, plus rien ne bougeait depuis d'interminables minutes. Stella lui avait parlé de cette possibilité, mais il était mal à l'aise d'être resté en dehors de tout cela, telle une sentinelle incapable d'agir et de protéger.

Dans sa tête, des pensées contradictoires tournaient en rond. Il désirait aider Stella, mais il ne voulait pas que Delhia disparaisse. Son cœur refusait de la laisser partir et de sauver Ishan, qu'il détestait de façon épidermique. De plus, il sentait qu'une forte concurrence risquait de s'installer entre Ishan et lui vis-à-vis de Stella avec qui il avait une relation très privilégiée. Il avait tout à y perdre si Ishan et Delhia se réunifiaient.

Alors que ses pensées fusaient et que le futur lui semblait de plus en plus sombre, il vit un reflet brillant dans le creux de l'assise du canapé. Sans même réfléchir aux conséquences, il se redressa mécaniquement, ramassa le couteau que Delhia avait caché et s'approcha de Ishan. En connaisseur du corps humain, il calcula le meilleur angle d'attaque et leva la lame.

C'est à ce moment-là que Stella revint à elle. En une fraction de seconde, elle attrapa le poignet de François et l'arrêta net. Comment avait-il pu se laisser entraîner à ce geste désespéré ? Il recula, desserra les doigts et le couteau tomba lourdement sur le sol. Il cacha son visage dans ses mains.
— Oh, Stella, Stella… lâcha-t-il entre deux sanglots étouffés.

— François, qu'est-ce qui t'a pris ? Tu te rends compte que tu aurais aussi tué Delhia ? Ils ne peuvent pas vivre l'un sans l'autre ! François, cela ne te ressemble pas, que s'est-il passé ?
— Stella, pardon, pardon ! Je ne sais pas ce qui m'est arrivé, j'ai eu peur et j'ai cru pendant un instant que cela pourrait tout arranger. C'était comme si ce n'était pas moi qui agissais. Je suis tellement désolé... Tu dois me pardonner... Stella...

Ses mots s'éteignirent entre deux sanglots. Il se sentait désespéré, anéanti. Il avait pensé tout perdre à cause de Ishan et voilà qu'il avait tout gâché, par sa seule faute. Il se laissa aller à pleurer comme il ne l'avait jamais fait devant quiconque. Son dos était secoué de spasmes et ses mains étaient crispées. Stella demeura en retrait. Elle ressentait toujours leur lien, mais elle était paralysée par ce geste impardonnable qui aurait tout fait voler en éclats.

Soudain, un bruit sourd emplit la pièce, comme un souffle dans des tubes de bambou. François tourna la tête et croisa le regard de Ishan qui le fixait avec une grande intensité. Il y avait dans ses yeux une profondeur nouvelle, une étincelle de tendresse et de douceur qui brillait. La seconde d'après, il constata que Delhia avait disparu.

Ishan inspira longuement. Il avait l'impression de peser vingt kilos de plus. Il avait le souvenir de ce qui venait de se produire, mais il se demandait si tout cela était réel. Il eut un élan vers François, mais le regard de ce dernier le stoppa net. Le message était clair : il était hors de question qu'il le touche. Un voile de tristesse passa sur le visage de Ishan.

Il se tourna vers Stella qui l'observait et sentit l'émotion le gagner. Pour la troisième fois en une semaine, il se mit à pleurer sans pouvoir s'arrêter. Stella le prit dans ses bras, serrant son petit frère le plus fort possible contre son cœur. Ils restèrent ainsi longtemps, sans échanger un mot, entre joie des retrouvailles et tristesse d'être loin de leur mère.

Ishan sentait un courant calme baigner tout son corps et son esprit, une sensation qu'il avait oubliée. La colère et la tension s'étaient envolées. Il se sentait en phase avec lui-même et prit conscience que le monde extérieur ne lui voulait pas forcément du mal.

Il serra sa sœur un peu plus fort. Il comprenait enfin ce vide qu'il avait ressenti toute sa vie et à quel point elle lui avait manqué. Pour la première fois depuis qu'ils avaient quitté le ventre de leur mère, ils étaient à nouveau réunis tous les deux, ou d'une certaine façon tous les trois.

Dans son étreinte avec Ishan, Stella retrouva la douceur et la connexion qu'elle avait pu partager avec Delhia et un sourire monta en elle. Percés à jour, les secrets ravageurs s'étaient volatilisés, laissant s'ouvrir un large panel de possibles à découvrir ensemble. Plus légère et plus libre, elle était exactement là où elle devait être.

François était toujours en retrait, en proie à une grande tristesse teintée de jalousie. Delhia avait disparu et Stella avait trouvé une autre épaule que la sienne pour partager ses joies et ses peines. Il se leva pour rentrer chez lui ; il ne se sentait pas à sa place.

Stella se tourna vers lui et le regarda intensément. D'un geste de la main, elle l'invita à se joindre à leur duo. Ses yeux débordaient d'amour et il ne put résister à son appel. Il s'assit comme eux à même le sol et posa sa tête sur l'épaule de Stella. Sa poitrine était comprimée et ses lèvres tremblaient, il se sentait

tel un petit enfant que sa mère venait consoler. Stella passa sa main dans les cheveux de François et lui murmura tendrement :
— Tu es comme un frère pour moi, tu auras toujours une place dans mon cœur.

François se laissa aller au contact de ces deux corps, de ces deux âmes et le calme le pénétra peu à peu. Les yeux fermés, il perçut Ishan différemment pour la première fois ; il n'était plus menaçant. À sa façon, il devinait l'invisible en comprenant que l'enveloppe corporelle de Ishan n'était que la face immergée de l'iceberg. La réalité de son être était tellement plus vaste que son apparence.

Il ressentit de manière ténue le lien entre Ishan et Delhia, entre l'homme qu'il avait haï et la femme dont il s'était épris. Il n'osa pas se demander s'il avait été attiré par la part masculine visible de Delhia ou par la part féminine enfouie en Ishan ; c'était sans doute un peu des deux.

Ils restèrent encore longtemps ainsi, à faire revenir le calme dans leurs âmes affolées par tant d'émotions, à faire la paix avec leurs peurs et apprivoiser les nouvelles facettes de leurs relations.

Plus tard dans la nuit, lorsqu'ils visionnèrent la vidéo, ils n'y trouvèrent aucune trace de Delhia, comme si elle n'avait jamais été là, comme si elle n'avait jamais existé ailleurs que dans leur imagination.

Les seules fois où François revit Delhia, ce fut lorsque, les paupières mi-closes, il contemplait le visage de Ishan dans la pénombre, avec le filtre de ses souvenirs et non avec ses yeux. Il n'y eut plus que dans ses rêves que François la vit habillée et maquillée comme autrefois, vêtue d'une belle robe sexy et de hauts talons.

236

Quand j'étais petite

Lorsque nous étions petites avec ma sœur, nous aimions nous raconter des histoires avant de nous endormir. Invariablement, elles commençaient toutes de la même façon : « C'est l'histoire d'un mec qui marche dans la rue, qui croise un autre mec qui lui dit... »

Nous inventions les péripéties au fur et à mesure du récit et nous ne sommes jamais arrivées deux fois au même endroit, c'était magique. Les mots, les uns après les autres, sortaient de nos imaginaires, créant chaque fois une histoire passionnante pour les petites filles que nous étions. Si nous espérions que le récit ne s'arrêtât jamais, ce n'était pas seulement pour nous endormir plus tard ; nous désirions continuer à rêver encore et toujours, les yeux grands ouverts sur une réalité parallèle, que nous découvrions au fond de nous, à travers nos histoires personnelles, familiales et imaginaires.

Plus de 30 ans après, je me suis lancée dans l'inconnu, pour dérouler, épisode après épisode, la vie et les secrets de mes personnages, pour offrir à ma sœur pour son anniversaire une nouvelle histoire, à la manière d'autrefois. Mais cette fois-ci, ce n'était pas sur une soirée, mais sur plus d'une année que le récit l'a accompagnée.

Et au fil du temps, cette histoire s'est frayée un chemin jusqu'à vos mains.

Et vous, quelle serait votre « histoire d'un mec », quelle serait celle de votre enfant, conjoint, ami, si vous vous amusiez à vous la raconter ?
N'hésitez pas à la partager sur mon site :

http://thaliadarnanville.com/

Vous pouvez également visiter ce lien pour laisser un commentaire ou suivre l'auteur.

Remerciements

Sister, Lloydie, tu as été la luciole qui éclairait le sentier de mon histoire et guidait mes personnages dans leurs errances.

Papa, Maman, votre enthousiasme m'a aidée à trouver les chemins de ma motivation pour mieux accorder les mots entre eux et faire chanter les voix et les vies de mes protagonistes avec plus de justesse.

Sophie Sacheau, Sophie Pantalacci, Sophie Guichard, Sophie Decatoire (Non, il n'y avait pas que des Sophie !), Maria-Teresa Griffon-Tenze, JB Fleck, Julie Reynal, Estelle Pianet, Clotilde Mathieu Demongeot, Benjamin Duchamp, vos critiques constructives et vos relectures attentives m'ont guidée dans cette traversée longue et périlleuse de la réécriture.

Anne Noubia et Elizabeth Echlin, merci pour votre soutien indéfectible et votre enthousiasme contagieux.

Ax.L., merci d'avoir partagé ton univers si particulier et intime pour permettre à mes personnages de trouver davantage de profondeur et d'authenticité.

Merci à Sophie Decatoire (tatoueuse à Lyon « synergiktattoo » et amoureuse des arts graphiques) et Florence Roullet Boyer (graphiste à Paris et créatrice de « Les petits mondes », microcosmes poétiques) pour leur accompagnement précieux dans la création de ma couverture.

Merci à Françoise Degenne, relectrice de « Sans coquille », qui a su apporter tout en finesse et discrétion les retouches finales pour que je puisse vous offrir un roman encore plus soigné.

Merci à tous ceux qui se sont trouvés sur mon chemin à un moment donné et qui ont, par leur présence dans ma vie, participé à ce que je suis aujourd'hui.

Et enfin, merci à Benjamin, Yliann et Louna de m'avoir partagée avec mes personnages durant ces longues heures de huis clos.

Pour retrouver l'autrice :

Facebook : thaliad
Instagram : thalia_darnanville
Et sur son site : www.thaliadarnanville.com

De la même autrice :

La dernière feuille de Salade, 2023
Style : *Roman, suspens, quête de soi*

Résumé

Tout oppose Axelle et Sarah, le destin va-t-il les rapprocher ?
Un évènement dans leurs vies vient bousculer leurs habitudes, les forçant à affronter leurs démons intérieurs.
Qu'ont-elles fait de leurs rêves, de leur idéal de vie ?

Cette histoire mêle mystère et suspense, et vient questionner l'influence de nos pensées, pointer nos failles et l'urgence à nous respecter.
Ce roman nous appelle à réinventer notre façon de vivre.

"Arrêtons de nous raconter des salades... Soyons authentiques !"

© SUDARENES EDITIONS
Dépôt légal :Second Semestre 2021
ISBN : 9782374643359

www.sudarenes.com
Correction : contact@sanscoquille.fr
Couverture/Illustration :Sophie Decatoire
https://www.synergiktattoo.com/
Conception graphique : Florence Roullet Boyer
https://www.florenceroulletboyer.fr/